« L'écriture n'est pas la découverte de soi, mais la découverte des autres "que l'on a en soi" ou des autres qui nous entourent. »

Eric-Emmanuel Schmitt.

DES NOUVELLES DE CELESTIN

Pour faire suite aux
PETITES HISTOIRES
CACHEES DANS LA
MANCHE
(il en restait…)

Du même auteur :

La nuit d'Alice à la Pointe
(2014, roman autoédité)

Renaissances à Coutainville
(2015, roman autoédité)

Casper Curieux
(2016, roman autoédité)

Petites histoires cachées dans la manche
(2017, recueil de nouvelles autoédité)

© Patrice Poulet
10 rue du Vieux Coutainville
50230 Agon-Coutainville

ISBN : 9781074603281

DES NOUVELLES DE CELESTIN

Un recueil de nouvelles
de Patrice POULET

Je dédie cette collection d'histoires à mon futur petit-fils, qui devra néanmoins attendre encore un peu avant de les dévorer...

Je remercie, en particulier, ma bonne fée et mon hocheur préféré sans qui je n'aurais peut-être pas eu le courage d'aller juste au bout...

PROLOGUE

« Les grands-parents saupoudrent de la
poussière d'étoiles sur la vie de leurs petits-
enfants. »
Alex Haley

L'escalier rétractable permettant de grimper au
grenier était bloqué dans la trappe d'accès, elle-
même dissimulée derrière un large carré de bois fixé
par quelques vieilles pointes rouillées. Ainsi
camouflé, il n'y avait pas grand monde qui était
informé de son existence.

Il avait été installé tout au fond du garage, juste
au-dessus de l'endroit où avait toujours stationné la
fidèle guimbarde de mon grand-père Célestin.
Pendant les trente années durant lesquelles je l'avais
tant aimé, je ne l'avais connu qu'avec ce même
véhicule. Il était devenu au fil du temps un vrai
danger public, autant que son conducteur qui n'en
faisait qu'à sa guise, ignorant (volontairement) les
nouveautés du Code de la route qui l'ennuyaient
profondément. Son automobile manquait
singulièrement d'entretien et il évitait avec une
parfaite régularité les points de contrôle technique,

plutôt à cause de sa farouche indépendance que par économie.

Nous fûmes enfin rassurés quand le matin de ses quatre-vingt-dix ans, il déclara devant la famille réunie pour le déjeuner d'anniversaire que la voiture, c'était fini pour lui.

— Avant tout à cause de considérations écologiques, affirma-t-il de sa manière péremptoire habituelle, tout en me jetant à la dérobée un clin d'œil complice qui me tranquillisa. Il avait bien encore toute sa tête…

Célestin m'avait quelquefois parlé de ce lieu oublié où il avait entassé des vieilleries dont il ne voulait partager l'exclusivité qu'avec moi. Même mes parents ne l'évoquaient jamais. Et je m'étais bien gardé d'en rappeler le souvenir à quiconque, désireux de me réserver une potentielle pêche miraculeuse.

En équilibre instable sur une petite table aussi branlante que ses jambes avant sa disparition, je tirai un bon coup sur un minuscule bout de ficelle qui dépassait de l'encoche au-dessus de moi. Celui-ci me resta dans les mains. Je pestai, me demandant si son propriétaire n'avait pas manigancé tout ceci afin que de précieux, voire inavouables, secrets ne fussent point découverts. Du moins pas tout de suite.

L'air bête, le regard collé aux solides lambourdes du plafond de bois, je replongeai dans une sorte d'anamnèse. Déjà un an qu'il m'avait abandonné, me laissant seul avec ma mélancolie. Je ne passerai plus ces doux moments autour des copieux apéritifs à papoter avec lui et à détailler tous les aspects de ma vie d'étudiant à Paris. Pour qu'il enchaîne à son tour avec de glorieux souvenirs toujours pittoresques. Comme sa rencontre avec celle qui deviendrait ma grand-mère et qui nous avait quittés il y avait quelques années. Je la connaissais par cœur cette histoire, mais je m'en étonnais autant à chaque fois.

Il m'entendait à peine les derniers temps, et malgré cela, dans ses yeux rougis par la maladie, je percevais la joie qui l'habitait encore lors de nos retrouvailles.

Tout au long de nos conversations, il m'avait confié ses manuscrits. Je les avais assemblés avec précaution et grand soin après m'en être régalé. Ma mère, sa fille, n'avait pas été plus loin que quelques pages, bouleversée par l'émotion, incapable de poursuivre une lecture brouillée par de grosses larmes qui en avaient souillé quelques-unes.

Le recueil trônait dans ma chambre au milieu de tous ses autres cadeaux et j'en effectuais une lecture passionnée à quiconque pénétrait dans mon repaire. Ces histoires faisaient l'unanimité. Ne tenant les feuilles que pour mieux communier avec le disparu, l'émoi que j'éprouvais lorsque je les récitais (je les connaissais par cœur) entraînait mon auditoire dans la même spirale affective.

Pour l'instant, je devais ouvrir cette fichue trappe. J'allais donc employer les grands moyens.

Je récupérai une chaise que je posai sur la table, en essayant de la stabiliser. Pas très rassuré par les mouvements erratiques de mon échafaudage de fortune, je réussis quand même à me hausser suffisamment pour donner un coup d'épaule dans la planche. Elle n'était pas bien épaisse, mais la douleur que je ressentis lorsque je la frappai fut au moins égale à celle que j'éprouvai sur la tête quand l'échelle se déplia d'un coup, m'assommant à moitié.

Je me retrouvai les quatre fers en l'air, à plat dos sur le meuble, au milieu des pieds de la chaise qui s'étaient désolidarisés du cadre. Un de ceux-ci avait transpercé mon tee-shirt pour me brûler la peau de l'avant-bras sur plusieurs centimètres. Mon exploration commençait mal. Si mon aïeul m'avait vu ainsi, sûr qu'il aurait éclaté de ce fou rire si communicatif.

Couvert de cette fine poussière séculaire qui continuait de s'échapper de l'ouverture et m'avait transformé en personnage d'Halloween, je me relevai péniblement, le front déjà bien enflé. Dans quelques heures, il se parerait des jolies couleurs de l'arc-en-ciel. J'imaginai avec effroi la présentation de mon mémoire qui devait avoir lieu dans quelques jours, espérant que le jury serait réceptif à ma figure marbrée…

Je pestai, agacé, et en même temps dévoré par la curiosité. Après avoir remis l'échelle à peu près droite, je m'aventurai dans le grenier, si sombre et si mystérieux. Je n'avais pas pensé à me munir d'une lampe torche. Heureusement, mon smartphone qui ne me quittait jamais me servirait d'éclairage d'appoint une fois en haut.

Une odeur de renfermé tenace envahit mes narines. Ajoutée aux saletés soulevées par mon passage, j'éternuai à plusieurs reprises, ressentant à chaque fois une forte douleur dans l'épaule qui avait encaissé le choc. Décidément, il me fallait une sacrée motivation pour supporter tous ces désagréments.

Le grenier était exigu, et je ne pouvais y circuler que sérieusement courbé, me heurtant régulièrement la tête aux poutres qui s'enchevêtraient. Je leur étais reconnaissant, car elles contribuaient depuis toutes ces années à faire tenir debout cette charmante bicoque.

J'aperçus deux petits carrés de bristol de couleur, scotchés chacun à un tenon vermoulu. Ils paraissaient en bon état, posés sans doute là pour que je les remarque.

J'ouvris le premier, avec précaution, comme si ce simple morceau de papier était une vraie relique. Il y était inscrit quelques mots d'une écriture que je ne connaissais que trop bien. Celle de Célestin bien entendu.

« Si tu as l'épaule endolorie, tu trouveras un excellent remède dans la valise marron… »

J'en restai stupéfait. Comment avait-il deviné ? Dans l'immédiat, je ne me forçai pas trop à trouver une réponse précise à cette question, préférant en conserver sa part de mystère.

Je me mis en quête de la valise marron. Elle n'était pas très loin, derrière un solide madrier, prête à être ouverte. Elle était à moitié couverte d'une vieille couverture et reliée à la charpente par un chapelet de toiles d'araignées qui dessinaient de jolis motifs dans le contre-jour. Faite en cette espèce de carton que l'on utilisait à l'époque, à moitié défoncée dans le milieu, je craignis que son contenu ne soit abîmé.

J'essayai d'en manœuvrer le mécanisme. Les petites gâchettes dorées, si charmeuses que je n'osai pas les forcer, me résistèrent. Je reconnus bien là l'esprit joueur de son ancien propriétaire. De tout là-haut, où il me surveillait probablement, j'imaginai son éternel clin d'œil comme quand il se versait un nouveau verre de son apéritif préféré, se cachant de son épouse qui lui en interdisait tout excès.

J'avais mal observé, car il y avait un verrou sur le loquet de gauche. Il fallait désormais en trouver la combinaison. Ce fut assez simple. Je tentai mon année de naissance suivie de la sienne et le pêne sortit de la gâchette dans un claquement de bonheur. J'accompagnai le déclenchement d'un solennel « sésame ouvre-toi » et tirai vers l'arrière le couvercle en mauvais état. À l'intérieur, il n'y avait rien d'autre qu'une enveloppe scellée.

Je me gardai de l'ouvrir dans l'immédiat et la glissai délicatement à l'intérieur de mon pull marin, soucieux de la savourer à tête reposée.

Je me retournai pour aller chercher le deuxième papier de couleur. Le toit mal isolé n'était pas très haut et j'avançai avec précaution. Des bruits de courants d'air persistants ronronnaient autour de moi. Je m'arrêtai quelques instants, pour récupérer. Tout se mélangeait. Les lumières futiles et changeantes, les odeurs âcres et nostalgiques, les sons étouffés et effrayants. Et les réminiscences. Celles qui me revinrent alors par bribes, car j'étais déjà venu ici à une ou deux reprises. Avec lui, bien sûr. Mais à une époque où mon jeune âge, donc ma petite taille, me permettait de m'y tenir debout. Je n'en avais pas conservé de souvenirs très précis et je redécouvris cet endroit mystérieux comme la toute première fois. J'étais heureux.

Sur ma gauche pendait ostensiblement le deuxième morceau de papier. Je m'en saisis, me doutant de qui était l'auteur du court message. Mon grand-père, d'une écriture hésitante, y avait inscrit :

« Si tu as mal à la tête, le meilleur remède, c'est celui que tu pourras dénicher dans la pochette bleue… ».

Cette deuxième prédiction me laissa de nouveau pantois et j'essayai d'y trouver une explication logique.

Bien évidemment, il paraissait normal que pour accéder au grenier, je doive en forcer l'ouverture avec un coup d'épaule et que l'échelle, ainsi libérée, se déplie brutalement sur mon crâne. Mais quand même, quand avait-il pu mettre cela en scène ? Depuis quelque temps, son état mental lui permettait moins ce genre de fantaisie.

Je mis cela sur le compte de probables pouvoirs magiques, au même titre que le fantastique qui émaillait ses récits. Il y avait bien dans ceux-ci une sirène diabolique mangeuse de baigneurs, une mouette follement entichée d'un marin, des enfants amoureux qui volaient… Deux bouts de papier collés sur des poutres dans un grenier restaient d'une grande banalité.

Je ne m'attardai pas sur ces « coïncidences » et poursuivis ma quête de la pochette bleue. Pour cela, il fallait explorer le réduit.

Je redécouvris de vieilles chaises cannées, un lit bateau au lustrage conservé, quelques tapis délavés ramenés de voyages, et des cartons soigneusement fermés et étiquetés.

Je voulais trouver le deuxième document rapidement, car le témoin de la batterie de mon téléphone m'alertait que son niveau était au plus bas. Pour en rajouter, la douleur à mon épaule me gênait considérablement. Le sang tapait fort dans ma tête. J'eus la confirmation en tâtant mon front qu'un gros œuf en doublait le volume.

Un coup d'œil à la ronde m'éclaira lorsque j'aperçus un manteau brun foncé qui pendait, accroché à une queue-d'aronde de travers dans son entaille. Je m'en souvins d'un coup. C'était un duffle-coat que mon grand-père avait tellement porté qu'on l'avait surnommé « coat coat » dans le village. C'était évident, ce que je cherchais était à l'intérieur. De son vivant, c'était un jeu entre nous que de me faire découvrir tous les trésors qu'il dissimulait dans ses manches et qui faisaient mon ravissement.

Je m'emparai de l'enveloppe bleue, qui était bien là où elle devait être, et j'entamai la descente avec précaution, perclus de douleurs et bien décidé à profiter de mes nouvelles richesses. Celle-ci se passa mieux que la montée et après avoir tout remis en place afin d'effacer les traces de mon passage, je m'installai, mélancolique, dans le fauteuil qui l'avait si souvent accueilli. Son gros chat noir sauta en souplesse sur mes jambes pour venir chercher quelques bonnes caresses comme il le faisait avec mon grand-père.

J'ouvris la première enveloppe… Gauchement car je tremblais. Une feuille s'en échappa.

Elle ne contenait qu'un seul paragraphe, consigné d'une écriture maladroite, celle d'un vieillard dont les mains trémulaient.

J'y découvris le texte suivant :

« Léon Bloy écrivait que la douleur est l'auxiliaire de la création.

Alors, mon enfant, si tu souffres comme je souffre actuellement quand je te vois grandir et t'illuminer tandis que moi je rapetisse et je m'éteins, crée, crée, crée. Écris, peins, photographie… Il en restera toujours quelque chose, au moins la satisfaction ultime d'en avoir été le géniteur.

Je te confie mes dernières histoires dans la deuxième enveloppe. Prends-en bien soin car elles m'ont coûté autant d'efforts que de plaisir, autant de joie que de tristesse de ne plus pouvoir en imaginer d'autres.

Et, si tu le peux, invente, toi aussi, de joyeuses et mystérieuses calembredaines.

Ton grand-père Célestin. ».

Je me précipitai sur la deuxième que j'ouvris avec tant de hâte et de nervosité que j'en déchirai une partie.

Quel imbécile j'étais donc pour abîmer de tels trésors !

Je découvris la première page, ornée de la même écriture.

« Mon enfant, si tu lis ces dernières lignes, c'est que la cérémonie de mon grand départ à la Pointe aura eu lieu.

Que, là-bas, dans ce lieu que j'aimais tant, tous mes satanés personnages m'auront accompagné, joyeux et impliqués, car je leur aurai donné la vie.

Leur vie de papier.

D'autres auraient bien voulu y être aussi. C'est trop tard pour eux. Alors, je te les confie, désormais, ils t'appartiennent.

Bonne lecture de mes ultimes fariboles…

Ton grand-père Célestin. ».

J'avais entre les mains la suite de ses histoires.

Il en manquait des parties pour quelques-unes d'entre elles, conséquences malheureuses de ma maladresse. Je tâchais d'en réécrire les débuts. J'y passais des nuits entières. Après plusieurs essais pas très concluants, je me satisfis de certaines d'entre elles.

Après quoi j'appliquais son premier précepte et, souvent dans la douleur, je me laissais tenter par d'autres « fariboles ».

J'ai décidé de vous les confier. Toutes. En mélangeant autant que nous étions unis, ses histoires et les miennes.

J'espère que ces dernières sont de la même veine.

Du même tonneau.

Celui de l'émotion.

UN CHAT AU PARADIS

« Petit à petit les chats deviennent l'âme de la
maison. »
Jean Cocteau.

J'ai mal aux pattes. Déjà plus de soixante-douze
longues heures que je suis parti. Déjà plus de dix
kilomètres de routes dangereuses, et inhospitalières,
que j'ai arpentées depuis chez moi. Ou plus
exactement depuis mon ex-chez-moi. Je me suis fait
virer.

Je sais parfaitement compter même si je suis un
chat. Cela fait une moyenne de cent trente-
huit mètres à l'heure… Pas terrible en ce qui me
concerne, autrefois tellement réputé pour ma
souplesse et ma rapidité. Je suis fatigué, lassé, dépité.
Désespéré.

Je n'ai pas vraiment baguenaudé comme j'aime
à le faire d'habitude. Et je n'ai pas beaucoup
boulotté. Seulement quelques restes avant-hier et des
croquettes rassises hier à midi qu'un collègue
complaisant, lui aussi vulgaire chat de gouttière bien
mal embouché, a quand même accepté de partager.
Je lui en suis reconnaissant. Je lui ai promis de lui

rendre la pareille et de l'inviter un de ces jours. Quand j'aurai de nouveau un chez-moi.

Cette voie départementale est rectiligne, étroite et monotone. Mon rythme se ralentit encore. L'asphalte n'est plus en très bon état et la chaleur exceptionnelle de ces derniers temps l'a fait fondre par endroits. Parfois cela me colle aux pieds. Souvent, mes coussinets me brûlent.

D'ailleurs, je les ai abîmés tout à l'heure. Le bout de trottoir me protégeant de la circulation était étriqué et le rebord cassé était tranchant. J'ai bien l'impression que je me suis coupé, il me semble avoir aperçu quelques gouttes de sang. Je n'aime pas le sang. Ni son odeur ni sa couleur. Cela me rappelle trop les échauffourées violentes avec les autres chats du voisinage, pour de sordides histoires de territoire.

Allez, courage, je dois avancer.

J'ai faim. De plus en plus faim. Cette inanition me tiraille et mon estomac réclame une pitance. Je suis inquiet. J'ai peur de défaillir.

Ce n'est pas très reluisant pour un vrai matou comme moi. Je devrais être plus résistant, plus costaud, un vrai de vrai de gouttière et ne pas me comporter comme ces nantis qui naissent une cuillère de croquettes en argent dans la bouche. Toujours se plaindre, se laisser aller et attendre que ça se passe n'est pas mon style. J'ai encore confiance en mes forces, même si là, je commence à atteindre mes limites.

J'approche enfin d'un pâté de maisons. Rien que de l'appeler ainsi me met l'eau aux papilles. Peut-être y a-t-il quelque nourriture à glaner dans ces habitations que j'aperçois sur la droite ? Formidable, je n'aurai pas à traverser la route. Avec tous ces chauffards qui roulent à tombeau ouvert sans nous prêter attention, à nous autres, pauvres animaux errants, il vaut mieux éviter toute fantaisie. D'ailleurs, il y a tout juste une heure, j'ai croisé les restes peu appétissants de ce que je pense être un lièvre dans la force de l'âge. Et hier au soir, c'était un hérisson, déchiqueté et réparti sur plusieurs mètres. Vu l'état de la victime, il n'a pas dû souffrir longtemps. C'est toujours ça de gagné.

Laquelle de ces demeures choisir ? Je cède à la facilité. La plus proche sera ma première cible.

Je distingue un bout du toit, recouvert de ces tuiles gris foncé que l'on utilise beaucoup par ici. Un mur d'au moins deux mètres clôture l'ensemble et l'accès à la propriété est fermé par un grand portail en bois. Je ne vois aucune ouverture qui me permette d'entrer facilement. Au passage, je trouve que la couleur rouge des battants jure avec le reste. C'est vrai que je suis particulièrement sensible à l'harmonie des choses. Un chat artiste en quelque sorte (je suis d'ailleurs plutôt bel animal). Bon, dans l'instant ce n'est pas la priorité, il va falloir grimper et je suis fatigué.

Je vise un arbre qui a eu l'excellent goût de pousser juste à côté de l'enceinte. Il va m'aider à pénétrer dans la cour. Ça y est, j'ai escaladé le mur.

C'était laborieux, mais j'y suis arrivé. Allez, hop, je saute à l'intérieur. J'atterris durement sur une espèce de gravier mal égalisé. Les petits cailloux qui le composent sont saillants et leurs arrêtes coupantes. Je dois traverser la cour qui en est recouverte. Il n'y a aucun espace vert qui puisse adoucir ma marche. Je souffre des quatre pieds. Je les pose avec précaution, l'un devant l'autre, sur leur pointe, comme si je voulais rester discret un soir de chapardage.

Je découvre alors la bicoque principale. Elle est modeste, mais bien entretenue. Les murs sont en pierre du pays, les fenêtres ont un encadrement en bois repeint en blanc récemment. Je m'imagine ronronner tranquillement au soleil sur le rebord de l'une d'entre elles. Tout cela est de bon goût.

Sur le plus petit côté s'étale un long bâtiment noir atypique. La façade sombre est à peine égayée par quelques massifs d'hortensias ratatinés par la canicule.

J'évite de miauler pour trouver un quelconque répondant chez un congénère. Je ne veux pas alerter. Je fais le tour. Tous les accès sont fermés. Il n'y a pas âme qui vive.

Décidément, je joue de malchance. Il n'y a pas un seul humain un peu attendri, pas un seul animal un peu partageur. Je vais continuer à chercher. Je suis affamé.

J'approche du bâtiment noir qui me plaît beaucoup. La roche qui a servi à l'édifier est en parfait accord avec ma belle fourrure soyeuse.

La porte d'entrée est imposante et sa décoration très travaillée. Des arabesques rouges et or s'entrelacent en encadrant harmonieusement des personnages hideux à la bouche tordue et aux bras redoutables qui dansent en équilibre sur une jambe. Il me semble reconnaître parmi eux les deux du centre, qui sont légèrement différents. Le premier est porteur d'une barbichette et d'une sorte de fourche qu'il agite comme une menace. Il est face au deuxième, pourvu de longues ailes qui l'empêchent de se mouvoir correctement. Je crains que le premier ne l'emporte sur l'autre dans cette lutte sanglante.

Ceci ne donne pas très envie d'y pénétrer. Mais la tentation est trop forte et je suis trop curieux. En même temps, il faut avouer que je ne suis toujours pas rassasié.

Je cherche une issue. Le bas de la porte à gauche me paraît rongé par l'humidité et les courants d'air du temps qui passe. Elle est ancienne. Je me tourne et je pousse avec mon derrière. C'est ma technique favorite même si parfois elle peut être douloureuse. Je préfère cela que d'esquinter mon harmonieux museau rose pâle qui fait l'admiration de tous. Une partie du bois vermoulu cède sous la pression et me permet d'entrer.

Vais-je enfin trouver quelques restes ?

Une souris bien dodue ?

Un mulot trop aventureux ?

Un oisillon tombé du nid par mégarde ?

Je n'ose imaginer des croquettes, que feraient-elles ici ?

Je suis presque content. Presque soulagé. De quoi ? Je ne le sais pas encore, mais je garde espoir.

Cela a toujours été ma ligne de conduite. Garder espoir, même lorsque j'étais chaton et que j'étais amoureux de cette jeune et ravissante chatte blanche qui logeait en face de chez moi. Tous les matous du village l'étaient aussi et c'est quand même moi qu'elle a choisi. On m'a toutefois rapidement empêché d'en profiter (je n'aime pas raconter ce genre de détail).

Ça y est, je suis à l'intérieur. Je dois cligner des yeux, car la clarté est presque aveuglante. Quelqu'un a-t-il laissé la lumière en marche ? Je regarde le plafond. En fait il n'y en a pas. C'est comme un ciel en parfaite continuité avec le sol et ce qu'il y a autour de moi. Je n'aperçois aucun mur, aucune délimitation. Seulement cette lumière éblouissante, qui fait que tout paraît être comme un éther incolore. Je suis tellement troublé que j'en oublie presque ma faim.

Mes yeux ont du mal à s'acclimater. Ils sont plutôt prévus pour les environnements sombres. Je suis courageux, j'avance. C'est étrange. C'est comme si on avait installé plusieurs couches de coussinets sous les miens. Je ne marche pas, je rebondis, tout léger. Je ne souffre plus. Ça me plaît bien cette impression. Comme si je flottais.

J'entends un brouhaha, au lointain. Comme un chant pas très mélodieux, répétitif et lancinant. Des voix qui n'ont rien de miaulements. Plutôt des suppliques, comme quand ma maîtresse gémit de douleur lorsqu'elle a mal.

Tiens, je pense à elle. Elle me manque. Pourquoi m'a-t-on séparé d'elle et mis dehors ? Aussi brusquement. Sans aucune explication. Le jour même où le véhicule blanc est venu la chercher et qu'elle avait un léger sourire figé dans ma direction. Elle était allongée, recroquevillée dans ce petit lit qui roulait. Elle était bizarrement habillée, son visage habituellement tordu par la maladie était exceptionnellement serein. Lisse. Les yeux clos, elle n'avait plus ce doux regard aux contours ridés qui m'inondait de tendresse.

Trois longues journées que je suis parti. Je vais bien réussir à la revoir. Dès que j'aurai repris des forces, j'irai la retrouver. Je dois terriblement lui manquer.

Je me rapproche des psalmodies. Je distingue peu à peu un paysage que j'imagine accueillant. Ce n'est pas encore très net. Des silhouettes tremblotantes d'arbres en fleurs, des étendues d'eau miroitantes sous la clarté du ciel infini, des montagnes au loin dont les sommets sont cachés par une brume de chaleur. Je suis happé par cette atmosphère étrange. Dans quel piège vais-je tomber ? Je n'ai pas été habitué à voyager dans de telles contrées. Quelques éclairs blancs traversent les lieux, comme pour les rendre encore plus singuliers, encore plus menaçants.

Je peste. Avant, tout était plus simple. J'allais du fauteuil de la chambre à la cuisine. Là m'attendait mon bol marqué Chacha (mon surnom). Je me dirigeais ensuite vers le jardinet, pour y déposer mon engrais, comme elle disait à son mari qui râlait. Après m'être bien soulagé, je faisais un tour dans la rue, pas trop loin, puis je remontais dans la chambre. Pour enfin me lover aux creux de ma maîtresse qui n'arrêtait pas de se racler la gorge et de tousser tous ces derniers mois. Alors, je m'endormais et je rêvais qu'elle redevenait gaie comme avant.

Je progresse. Un chemin bordé d'hibiscus géants blancs, au toucher doux comme une caresse, divise un étang. Des nymphéas multicolores aux larges pétales flottent sur l'étendue calme, d'un vert aussi particulier que celui de mes yeux. Il n'y a pas une ride. Je la traverse, de plus en plus inquiet quand même. Je marche sur l'eau. Sans être plus surpris que cela par mon exploit. Moi qui, auparavant, ne supportais pas le moindre contact avec ce liquide. Et puis, qui sait ? La nourriture y est peut-être abondante. Grenouilles, alevins, carpes… Peu importe, car la faim me tenaille.

J'ai cette idée qu'un poisson me conviendrait. Je ne me rappelle plus comment faire, dois-je me précipiter dans l'eau et claquer des dents pour en choper un au hasard ?

Pas très loin de moi, la litanie continue. Je ne comprends pas clairement ce qui se dit. Mais j'ai l'impression qu'on m'encourage à avancer. Je regarde alentour. Je distingue, bordant l'eau, une statue en pierre qui représente une belle femme, accueillante, allongée sur le flanc, prête à quelques longues et langoureuses chatteries. Elle est sculptée dans une roche inconnue. Cela me rappelle la colonne du salon surmontée de sa lampe que j'ai fait tomber l'année dernière. J'ai été sérieusement corrigé. Une sacrée rouste par le propriétaire qui y tenait beaucoup.

La créature soutient sa tête avec la main, sans doute pour mieux m'observer. De l'autre elle me fait signe de m'avancer. La statue arrive donc à bouger ! Pourquoi pas, je ne suis plus à ça prés.

Soudain, son visage devient presque net malgré l'atmosphère chargée et la lumière diffuse. Il me semble le connaître. Je m'approche et je tourne autour, pour en cerner le faciès et le profil. Pour être bien sûr de ne pas me tromper. Il se dessine maintenant clairement. Il est souriant, ouvert, rayonnant. Je la reconnais.

C'est elle. C'est ma maîtresse. J'essaye de miauler. Mes sons se perdent dans l'immensité. Elle semble me comprendre. En hochant légèrement la tête. Ça a toujours été comme ça entre elle et moi. Une parfaite entente. Plus que cela. Une parfaite complicité. De l'amour en fait.

Elle ne peut pas bouger plus que ce signe d'encouragement. Son regard m'encourage à y aller.

— Allez, plonge !

— Allez, va chasser !

— Allez, tu vas te régaler ! semble-t-elle m'ordonner gentiment.

Mais je ne sais pas nager !

Qui peut m'aider ?

Je miaule d'une voix de fausset qui s'éteint dans ma gorge. Je ne peux même plus me lécher les babines.

Personne ne viendra, c'est évident. Je suis un meurt-de-faim. Un miséreux. Un pauvre chat de gouttière abandonné. Aujourd'hui, c'est sûr, je vais une nouvelle fois jeûner... Je ne l'avais pas mérité, pourtant...

Mais d'ailleurs, suis-je bien encore vivant ?

LIBÉRATIONS

« Tout secret est une révolte. »
Salim Barakat

Première partie

Maxime était inquiet. Il regardait sans arrêt par-dessus son épaule, s'assurant qu'il n'y avait pas une connaissance qui pourrait l'apercevoir, s'incruster à sa table et lui faire les sempiternelles mêmes réflexions dont il avait malheureusement trop l'habitude. Oui, il était obèse. Et alors ?

Lui, au moins, était différent.

Il n'était pas comme tous ses collègues ridicules dans leurs costumes étriqués, la veste remontée au-dessus des fesses, les manches trop courtes, le bas des pantalons au milieu des chevilles, comme s'il n'y avait pas eu assez de tissu pour en couvrir l'ensemble. Ils se ressemblaient tous dans leurs uniformes bleu pétrole et leurs chemises blanches.

Elle aussi était différente.

Elle n'était pas comme toutes ses collègues ridicules dans leurs jeans moulants, dont il se demandait comment elles pouvaient y entrer et en sortir. Et dans ces pulls si ajustés, tellement indiscrets. Elles se ressemblaient toutes dans leurs fuseaux déchirés aux genoux ou dans leurs tenues sages d'employées modèles aux normes strictement respectées.

Elle, c'était Julie.

Il voulait rester seul ce matin-là. Pouvoir déjeuner en paix, comme dans cette chanson qu'il fredonnait en boucle, son ode à la tranquillité. La formation démarrait à neuf heures et il était arrivé très en avance pour profiter d'un de ces moments privilégiés pendant lesquels il se régalait, solitaire, d'un copieux premier repas.

Comme tous les matins, le trajet dans les transports en commun s'était révélé exténuant. Il n'y trouvait jamais une place assise à sa démesure. Il avait dû encore une fois rester debout et souffrir de ses jambes sclérosées. Enfin à destination, l'air frais du parvis lui avait fait le plus grand bien. Il avait poussé la porte du MacDo, commandé ses deux grands chocolats et ses viennoiseries, puis s'était installé au fond, derrière un pare vue.

À travers la vitre, il s'était régalé des reflets du lever du jour sur les interminables tours. Des centaines de fenêtres brillaient intensément sous les rayons orangés et renvoyaient leurs échos lumineux. Son regard affûté d'artiste captait avec précision ces moments-là pour les mémoriser et les restituer sur ses toiles la nuit venue.

Comme d'habitude, il avait très mal dormi, mais il se sentait revenir en forme grâce à la douce chaleur prodiguée par sa boisson favorite qu'il sirotait avec délice. Et le hasard lui avait joué un tour. Un bon tour pour une fois.

La jeune femme avait peiné pour ouvrir la porte du restaurant. Sa démarche était hésitante, empruntée comme si elle était épuisée par un effort trop important ou abattue par une mauvaise nouvelle. Maxime savait que cela lui arrivait de temps à autre. Il l'avait déjà remarqué, sans s'en inquiéter outre mesure. Cela le perturbait. Tout ce qui touchait Julie avait un impact sur lui. Tout ce qu'il ne vivait pas auprès d'elle l'obsédait et il l'imaginait souvent dans les bras d'un amant qui ne serait jamais lui.

Julie aperçut Maxime. Elle esquissa un très léger mouvement des lèvres en même temps qu'elle lui fit signe qu'elle arrivait. Maxime se redressa, non moins fier que terriblement gêné qu'une aussi jolie femme lui porte attention.

Elle lui chavirait le cœur. Devant elle, il devenait idiot, hésitant, balbutiant des phrases sans intérêt, rougissant comme un bambin pris en train de chaparder des bonbons. Pourtant, il aurait voulu lui en peindre des milliers de tableaux. Les couvrir de ses sentiments exacerbés qu'il n'arriverait jamais à exprimer, jamais à lui confesser.

Julie, elle était belle. Simplement belle. Les bons jours (Maxime les appelait ainsi) elle avait ce sourire ravageur qui vous happait, vous capturait dès le premier instant. À chaque fois, il se faisait la même réflexion. Que la nature était bien injuste lorsqu'elle décidait de répartir son capital beauté entre plusieurs individus. Ils en étaient tous les deux une démonstration évidente.

Ce matin, elle portait avec élégance sa paire de lunettes de soleil, celle qui la faisait ressembler à une star des années cinquante. Quand elle mettait cet accessoire qui contrastait avec la pureté de sa peau diaphane, la délicatesse des traits de son visage la rendait incroyablement irréelle. Elle en jouait, bien évidemment. Ajoutant du mystère au charme de sa beauté intemporelle.

Elle passa commander son petit-déjeuner puis vint vers lui, en tenant son plateau à une main, l'autre occupée à soutenir l'anse d'un sac en cuir qui semblait peser une tonne.

S'il y avait bien une personne qu'il ne voulait pas rencontrer alors qu'il s'empiffrait de pains au chocolat, c'était bien elle. Il lui avait promis de faire des efforts. De ne plus manger autant, de se mettre au sport, de vivre plus sainement. De profiter du grand air plutôt que de passer des heures les mains agrippées aux manettes de sa console de jeux ou devant ses toiles, en mal d'inspiration.

Elle le trouva dévorant son petit-déjeuner.

Deuxième partie

Maxime passait facilement d'un calme détaché durant sa journée de travail à la folie créatrice pendant ses nuits d'insomnie. Celle qui l'emmenait vers des extrémités que l'on était loin d'imaginer.

Il avait du talent, bien qu'il le gardât pour lui. Son coup de crayon était assuré, son coup de pinceau tout autant. Il effleurait la toile dans des mouvements aériens qui semblaient si faciles pour lui, tellement naturels. Le résultat était très surprenant au premier abord. Il peignait des enchevêtrements de lignes parfaitement tirées aux croisements desquelles des taches semblables à des yeux curieux de tout se mélangeaient à des silhouettes incertaines de personnages torturés, le tout dans une composition admirablement construite et agencée.

Leurs couleurs étaient particulièrement vives, aux pigments inconnus. Elles semblaient surgir d'un esprit différent qui les aurait inventées pour l'occasion sans livrer ses secrets. Le fond était uniformément noir, profond, insondable, pour mieux les mettre en valeur.

Son rituel était avéré. Complètement nu, il ne peignait que la nuit, les néons y ajoutant l'incertitude de découvrir les teintes et les nuances seulement à la lumière de l'aurore. Que voulait-il représenter ? Lui-même se le demandait. Il savait que ça devait sortir, qu'en lui il y avait cette impérieuse nécessité de s'exprimer ainsi puisqu'il ne le faisait pas autrement. Il trouvait dans la peinture une réponse à son isolement et ne pouvait se reposer que lorsque la toile était recouverte en totalité.

Et si l'inspiration venait à manquer, que commençaient à poindre les turpitudes qui allaient le mener jusqu'au bout de la nuit, il se livrait à des jeux vidéo, partageant avec des inconnus l'impératif besoin de se sentir moins seul et de finir vainqueur de ces joutes à distance. Maigre vengeance de l'indifférence des autres, de leurs moqueries blessantes.

Par envie de liberté ou par crainte des critiques, pratiquement personne n'avait vu ses œuvres. Seulement quelques visiteurs se comptant sur les doigts d'une main. Quelques livreurs occasionnels ou le facteur, lorsqu'ils faisaient l'effort de s'aventurer jusqu'à l'intérieur, par curiosité bien souvent. Et sa mère, déjà gravement malade, qui avait pu les découvrir lorsqu'il l'avait enfin acceptée dans son antre pour la première fois.

L'appartement qu'il louait se situait au rez-de-chaussée, dans la pénombre, au bout du couloir. Il n'était pas très bien placé, mais facile d'accès pour lui dont la mobilité était réduite. L'odeur qui y régnait était forte, presque nauséabonde. Sa mère en avait été outrée, elle qui entretenait si bien son intérieur. Son fils et son intérieur, ses deux uniques passions dans une vie monotone et sans grand intérêt. Elle l'avait élevé seule après la disparition tragique de son mari. Maxime avait à peine cinq ans. Il se souvenait de ces sévices et de ces persécutions qu'il avait ensuite cadenassés dans un coin de sa mémoire d'enfant battu.

Une chute du douzième étage n'avait laissé aucune chance à son père, alors maçon. Maxime avait toujours considéré qu'ainsi justice avait été rendue.

L'enfant, devenu soudainement un homme par la force des événements, vivait en vase clos dans sa tanière. Les murs étaient peints en noir, la moquette mauve laissait apparaître sa corde en de nombreux endroits, usée par les pieds lourds du propriétaire. Les volets étaient continuellement fermés, abandonnant dans la pénombre quelques meubles sans charme et avant tout fonctionnels. Plusieurs écrans connectés à plusieurs ordinateurs puissants complétaient le panorama et réchauffaient l'atmosphère de leurs éclats bleutés. On aurait pu le trouver lugubre si les gerbes de couleurs de ses œuvres n'en égayaient pas l'ensemble.

Sa mère avait voulu tout nettoyer, tout ranger, tout bousculer. Changer le plomb en or. Exposer ses tableaux au monde entier. Le rendre enfin vivant. Cette brutale ingérence maternelle avait déplu à Maxime. Il l'avait jugée trop intrusive, trop injuste, mettant en péril un équilibre de vie déjà fragile. Il s'était alors fermement opposé à ces changements, déclenchant une violente dispute qui les avait définitivement éloignés l'un de l'autre. Sa mère s'était éteinte avant qu'ils ne se réconcilient. Maxime ne s'en était jamais remis, regrettant amèrement ses paroles.

Il aurait tant voulu qu'elle soit fière de son fils plutôt que d'en avoir honte. Et que ces tableaux, qui s'entassaient par centaines dans sa chambre transformée en atelier, en soient l'ultime preuve.

Troisième partie

Cent trente-cinq kilos pour un mètre quatre-vingt. Et des fesses énormes qui s'agitaient comme une mauvaise gelée anglaise. Il fallait réduire tout cela d'au moins un tiers. Julie lui répétait gentiment, mais avec insistance de s'occuper de lui pour améliorer son quotidien. Sa boulimie était incontrôlable. Il restait persuadé qu'elle était irréversible, inévitable conséquence de son enfance gâchée.

Comment se soigner ? Comment renoncer à toutes ces gourmandises qu'il adorait ? Comment changer ces habitudes tellement ancrées dans son subconscient ?

Julie en était le bon prétexte, l'issue lumineuse, un bel espoir d'être enfin moins seul.

Il aurait tant aimé une vie normale, débarrassé de toutes ses contraintes ; comme cet appartement bruyant dont la porte d'entrée était régulièrement taguée d'insultes qui lui faisaient mal au cœur ; comme ces vêtements sur mesure, onéreux, difficiles à trouver, jamais à la mode, uniformément noirs ; comme ces moyens de transport accablants où il occupait deux places et retardait la fermeture des portes automatiques sous les invectives des passagers intransigeants ; comme cette absence de tout loisir, enfermé dans son petit studio, ne se déplaçant que pour le routinier déjeuner dominical chez sa mère lorsqu'ils n'étaient pas encore fâchés ; comme ces moqueries dont il souffrait depuis son plus jeune âge.

Son visage était sévère, malgré la bonhomie naturelle de ses rondeurs. Il s'était laissé pousser de longues pattes afin de l'affiner, mais ce n'était pas très harmonieux. Son dernier tatouage n'était pas très réussi. Une immense aile de dragon qui remontait haut dans le cou et dont on apercevait le bout qui avait largement bavé.

Le contraste de sa peau blanche qui ne voyait jamais le soleil avec ses vêtements sombres lui donnait un air gothique peu engageant. Toujours en nage, toujours essoufflé, son apparence n'incitait vraiment pas à faire un pas vers lui.

Quatrième partie

Ce même matin, il avait émergé, transpirant, d'un court sommeil qui s'était fini sur un rêve merveilleux. Julie s'y aspergeait de mille couleurs surgissant de tubes de peinture qui jonchaient le sol et qu'elle écrasait joyeusement de ses jolis pieds nus devenus eux-mêmes des tableaux vivants. Le rire de sa belle rebondissait dans un sublime écho sur les murs de son atelier, accompagnant sa nudité magnifique qui se couvrait de ses enchevêtrements de lignes habituels. Il allait s'approcher d'elle, oser la toucher enfin quand l'alarme de son téléphone portable l'avait transpercé. Il était resté assis longuement sur le bord de son lit, ne sachant plus dans quel monde il vivait.

Il avait ensuite entamé son cérémonial matinal pour se retrouver sur cette table froide et solitaire au fond de ce Mac Do.

Sa frénésie artistique et ses interminables parties devant son ordinateur l'entraînaient jusque très tard.

Il ne se couchait que quelques heures avant le petit matin. Lorsqu'il avait fini de peindre, il passait quelques moments à profiter des premières lueurs de l'aurore à travers l'entrebâillement de la fenêtre de sa chambre dans la trouée entre les deux grandes tours voisines.

Il adorait ces heures où les premiers avions striaient le ciel de longues traînées blanches de kérosène, alignant des figures géométriques qu'il trouvait harmonieuses et qui l'inspireraient pour de futures compositions. Ces heures où le silence régnait dans l'immeuble, juste avant les agitations du réveil.

Par réaction, sûrement, au bruit de ses nouveaux voisins dont il avait horreur. Ce jeune couple manquait singulièrement de discrétion et laissait le bébé hurler pendant leurs ébats amoureux. Presque tous les soirs, il avait droit à une démonstration terminée par les râles suraigus de la femme apparemment comblée. Il connaissait cette voix par cœur. Et si, tout au début, il en avait fantasmé, désormais il se couvrait les oreilles avec son casque pour s'isoler des halètements répétitifs. Il maîtrisait avec précision la durée de ces accouplements nocturnes, qui, s'ils paraissaient contenter les deux belligérants, restaient parfaitement minutés et d'un classicisme établi.

Hier au soir, il avait toutefois retrouvé un certain intérêt à être plus attentif. Il lui avait semblé qu'un troisième larron avait corsé l'exercice. Le trio avait essayé d'être discret, afin d'éviter les on-dit d'un voisinage toujours trop curieux et le colportage des aspects les plus croustillants. Lui, dont l'expérience en la matière se limitait à deux ou trois prostituées de bas étage, en avait ressenti une profonde gêne.

Ce matin des agapes, il avait patienté jusqu'à ce que l'actrice principale de la scène claque violemment la porte, comme à son habitude, après l'arrivée de la nounou. Il l'avait croisée (comme par hasard) devant le sas de sortie de l'immeuble, l'avait saluée poliment et avait tenté d'échanger quelques banalités. Elle portait sous les paupières les stigmates de sa chevauchée nocturne et avait tout juste condescendu à tourner légèrement la tête pour lui répondre sommairement, pas très passionnée par la conversation. Se saisissant avec triomphalisme d'une énorme part de brioche pur beurre puis, enfournant sa proie avec délice, il lui avait déclaré, d'un air entendu :

— La gourmandise n'est pas toujours un vilain défaut, n'est-ce pas ?

Dans un premier temps, prenant l'allusion au premier degré, elle n'avait rien répondu. Puis elle s'était ravisée, pour conclure par un hochement de tête dubitatif souligné d'un regard vitreux :

— Pas sûr… Monsieur Mastard.

Maxime ne s'en était pas offusqué, habitué à ce genre de réflexion. Elle était à peine tournée qu'il lui avait adressé un doigt pointé vers le ciel, en espérant qu'elle aurait eu le temps de l'apercevoir.

Cinquième partie

Julie s'approcha de lui. Il transpirait l'angoisse de cette rencontre.

— Bonjour, Maxime, j'avais un peu faim, lui déclara-t-elle, l'air moqueur.

— Pas toi ?

La voix n'était pas très guillerette. Maxime comprit l'allusion. Il savait qu'elle plaisantait. Sous le coup de la surprise, sa réponse resta coincée dans sa gorge.

— Je te laisse finir, ajouta-t-elle.

Il n'avait jamais le dernier mot avec elle et cela lui plaisait. Il se reprit.

— Bonjour Julie. J'ai fait un gros effort aujourd'hui. C'est mon premier (et ultime) pain au chocolat de la journée.

Elle se rapprocha.

— Alors, on ne se fait plus la bise ?

Maxime se leva, s'essuya la bouche décorée des miettes de viennoiserie et l'embrassa gauchement.

— Ça, il va falloir également que tu le travailles. Ce n'est pas avec des bisous aussi maladroits que je vais tomber dans tes bras.

Elle posa son plateau en face du sien et s'installa pour déjeuner.

— Alors Maxime, qu'as-tu fait de ta soirée ?

Maxime n'était plus présent, transporté dans des îles magnifiques où piaillaient des oiseaux de lumière au-dessus de leurs corps mélangés. Le sable chaud comme une braise bienfaisante retenait à peine la mer qui leur caressait les orteils. Elle le rappela à l'ordre.

— Tu m'écoutes, espèce d'adolescent attardé ? Tu penses à quoi encore ? Tu ne peux pas redescendre sur terre quand une jolie fille comme moi te demande ce que tu fais de tes nuits ?

La voix n'avait pas de tonus. Elle était traînante, presque désabusée. Le sourire au coin de sa bouche savamment rosie n'était pas franc. Maxime sortit de son rêve. La toile imaginaire s'évapora. Promis, ce soir, il peindrait ce qu'il venait d'entrevoir. Ça le changerait de ses habituels obscurs tableaux.

— Il faut que je te dise… J'ai été choqué… Mes voisins ont essayé une nouvelle fantaisie… Ils étaient trois…

Il se reprit avant de poursuivre la description de la partie de jambes en l'air du trio. Ce n'était ni le lieu, ni le moment, ni la bonne personne pour cela. Quel idiot il faisait ! Julie s'intéressa.

— Une nouvelle fantaisie… ?

— Ils étaient trois… ?

— Continue, tu me passionnes !!!

Maxime se ressaisit, profondément gêné, trouvant au passage une parade à ce terrain glissant.

— Ils avaient invité un ami végétalien et ont décidé de s'y mettre. Lorsque je les ai croisés en sortant ce matin, ils m'ont dit d'essayer. Que ce serait bon pour ce que j'ai ! Que je perdrais facilement du poids ! Ils sont très gentils avec moi.

— Et je commence ce midi, ajouta-t-il, en même temps qu'il regrettait déjà d'avoir pris un tel engagement.

Julie rebondit.

— Pas cap ! En tout cas, si tu y vas, je me joins à toi… Ça me fera perdre un peu de fesses.

Maxime se garda de tout commentaire.

La plaisanterie tourna court, Julie s'affaissa sur le plateau. Maxime, affolé, la redressa doucement en soutenant son visage. Elle reprit connaissance rapidement. La branche droite de ses lunettes était cassée et un de verres brisés. Il les lui retira délicatement. Elle posa immédiatement ses deux mains sur ses yeux, comme si elle était encore éblouie.

— Rends-les-moi, lui ordonna-t-elle d'une voix si autoritaire qu'il en fût décontenancé

Il lui tendit ce qu'il en restait. Les profondes traces bleues marbrées de marron qui ceignaient les orbites de ses magnifiques yeux clairs ne lui avaient pas échappé. Elle se mit à pleurer de grosses larmes qui vinrent se mélanger au café répandu sur la table.

— Je suis désolée, parvint-elle tout juste à ânonner entre deux reniflements.

Sixième partie

Julie s'était prise d'affection pour Maxime sans trop savoir pourquoi. Elle se laissait aller à cette amitié naissante qui lui faisait du bien.

Maxime était loin d'être une gravure de mode. Développeur dans une petite start-up qui commercialisait des jeux vidéo, il était appliqué. Ses collègues, passé les premiers instants de moquerie, le trouvaient timide, morose, souvent mélancolique. Finalement sans grand intérêt pour la plupart d'entre eux, Julie le considérait comme reposant, gentil et suffisamment paumé pour qu'elle s'attachât à lui.

Très belle, charmeuse naturellement, elle était très sollicitée, que ce soit au travail ou dans la vie et supportait de plus en plus mal les réflexions machistes et les gestes déplacés. Ceci ne lui inspirait que de l'indifférence ou du dégoût. Elle vivait avec son mari depuis maintenant trois années. Trois années terrifiantes de violences physiques et morales. La jalousie maladive de cette brute se manifestait quotidiennement. Entièrement sous son emprise, elle n'arrivait pas à se détacher de cet esclavage qui la rendait malheureuse, incapable de se sortir de ce tunnel angoissant dont elle ne voyait pas l'issue. Elle ne s'en était confiée à personne.

Maxime fut le premier ce jour-là à connaître la vérité. Il était effondré, la jeune femme calée sur son épaule. Il comprit alors la situation et toutes ces lassitudes, ces coups de fatigue, ces sourires figés ou artificiels. Il s'expliquait mieux maintenant les longs moments de triste rêverie qu'ils partageaient sans un mot autour d'un verre après le bureau. Ces moments qui se passaient dans une communion parfaite sans qu'ils saisissent exactement pourquoi. Ces moments dont ils sortaient épuisés, comme s'ils avaient fait l'amour pendant des heures. Elle brisait parfois le silence et lui parlait avec passion de voyages, d'îles au levant. Il la peignait dans sa tête une nouvelle fois, conquérante et libre, debout à la proue d'une pirogue chamarrée.

Alors, ce matin-là, ils communièrent de nouveau, dans leurs douleurs inavouées réciproques, lui comme enfant, elle comme adulte. Unis par ces violences qui les avaient détruits. Le visage grave et les yeux remplis de larmes, ils décidèrent de leur avenir, ils seraient ensemble à jamais.

Épilogue

Maxime avait perdu plusieurs kilos. Un bon début, mais pas suffisamment encore pour être parfaitement à son aise sur le siège luxueux de cet immense avion. Remuant sans cesse pour mieux s'adosser, il avait réservé les meilleures places et sirotait une menthe à l'eau, sa boisson préférée, tout en regardant continuellement par-dessus son épaule, comme il en avait si souvent eu le réflexe. Mais là, c'était pour une autre raison.

Il fixait constamment Julie, endormie et paisible, ne croyant pas à cette chance d'être enfin avec elle.

Elle, rêveuse, un léger sourire aux lèvres, voguait sur les flots qu'ils parcouraient, main dans la main, échangeant de tendres baisers toujours renouvelés.

Le mari de Julie avait été lourdement condamné. La période avait été propice pour cela. De multiples affaires avaient mis en lumière toutes les violences dont les femmes étaient victimes. Le dénoncer n'avait pas été facile. Un mélange étrange de honte, de crainte et de culpabilité l'en avait jusque-là empêchée. Maxime avait alors été d'un grand secours et l'avait fortement encouragée et soutenue, appuyant même en lui confiant sa propre histoire. Le regard noir de haine du futur prisonnier au tribunal n'avait pas suffi à l'impressionner et à le faire renoncer. Libérés, les deux amants avaient décidé de fuir, pour tout oublier, pour tout recommencer. Maxime avait enfin accepté d'exposer ses œuvres. Le succès avait été immédiat, fulgurant. Assez rémunérateur pour tout laisser tomber.

Et partir.
Partir.
Avec sa bien-aimée.

LE PÂTÉ DE DOUCETTE

« Tout n'est qu'apparence, non ? »
Alberto Giacometti.

La rue étroite serpentait entre le grand mur qui protégeait le manoir et le côté plus modeste des petites maisons en pierres grises. De nombreux véhicules stationnaient devant les habitations et il fallait être vigilant.

Si deux voitures avaient la fâcheuse idée de se croiser, c'était peine perdue. Cela pouvait se passer correctement après quelques manœuvres délicates, mais parfois, un grincheux restait campé sur sa position et un concert de klaxons suivi d'invectives rageuses tentait vainement de départager les belligérants.

Harmonie se méfiait de ce genre de situation où l'attention des conducteurs était portée ailleurs que sur les cyclistes qui essayaient de s'en sortir vivants.

La pente était assez importante pour qu'il ne soit pas nécessaire de pédaler. Du moins dans ce sens. Dans la montée, c'était une tout autre histoire. Et bien qu'elle connût le trajet par cœur, elle peinait à chaque fois lorsqu'il fallait attaquer la côte.

Ce jour d'été, il faisait trente-cinq degrés et si le courant d'air rafraîchissait la jeune femme dans la descente, la remontée se transformerait en une pénible épreuve. Elle appréhendait le retour où elle serait dégoulinante de sueur après quelques coups de pédales. Elle avait horreur de cette sensation poisseuse qui l'écœurait.

Sa robe en coton léger, ornée d'un délicat imprimé à fleurs sur fond jaune clair, collait à sa peau, dessinant au plus près des formes dont elle était fière. À vingt-cinq ans, c'était déjà une très belle femme. Elle était poitrine nue sous l'étoffe indiscrète et imaginait que la rondeur parfaite de ses seins réjouissait les passants.

Si jamais il y en avait eu. Car à cette heure, le village était désert. La canicule avait dissuadé les habitants peu habitués à cette chaleur. Ils se plaisaient mieux à l'ombre rafraîchissante des murs épais qu'à baguenauder dans les ruelles ou dans le centre-ville.

Quant aux touristes, l'heure était à la sieste.

Elle ralentit prudemment, se souvenant de sa mésaventure de l'année dernière. Elle s'était retrouvée cul par-dessus tête dans les cagettes de poireaux et de carottes après un freinage hasardeux. Elle avait confondu la manette arrière avec celle de l'avant. Les quatre pêcheurs qui jouaient à la belote dans le bar jouxtant l'épicerie s'étaient alors précipités autant pour lui porter secours que pour profiter du spectacle réjouissant de cette paire de fesses bien rondes à peine dissimulée par une culotte à l'étoffe minimaliste. Les sifflets moqueurs, mais gentils, des quatre balourds avaient badigeonné ses joues d'un joli rouge carmin qu'elle avait conservé une bonne heure. Un des joueurs l'avait même comparé à la couleur des homards lorsqu'il les ébouillantait.

Harmonie stoppa devant la façade de la boutique et y appuya son vélo. Celle-ci contrastait avec les murs voisins, car elle n'était pas en pierres, mais recouverte d'un enduit blanc qui lui faisait cligner les yeux sous la violente réverbération du soleil. Ce jour-là, on se serait cru dans un village provençal. La maisonnette avait du charme. Les deux portes et les fenêtres étaient d'un bleu ciel légèrement défraîchi et une large pancarte coupait la façade. Sur celle-ci avait été peint d'une main maladroite un artisanal « Chez Doucette : fruits, légumes et tout le reste (bar y compris) ». Un résumé parfait de ce que le client pouvait dénicher à l'intérieur. Le « tout le reste » avait son importance, car on y trouvait de tout, chez Doucette.

Le carillon tinta gaiement, égrainant quelques notes délicates qui rappelèrent à Harmonie un air connu. Elle ne se souvenait pas exactement du titre, mais elle l'avait déjà entendu. Peut-être au mariage de sa cousine qui avait eu lieu deux semaines auparavant. Il lui trottait dans la tête et l'écouter à nouveau ne fit que l'ancrer un peu plus. Elle entra en le fredonnant. La porte se referma lentement sur elle, en raclant consciencieusement le sol. « Profiter de tous mes trésors, ça se mérite » disait souvent Doucette avec son habituel aplomb. Entrer dans la boutique était un acte qu'elle qualifiait d'aussi important qu'entrer en religion.

Elle s'appelait en réalité Marie Angèle, et Harmonie l'avait toujours connue sous son diminutif qui lui allait si bien. Le village avait l'habitude de ses prises de position tranchées, mais prononcées avec tellement de gentillesse et de délicatesse que tout le monde l'adorait.

Le vieux panier d'osier hérité de sa grand-tante sous le bras, la jeune femme débarqua dans le capharnaüm. L'ambiance de l'échoppe n'avait guère changé depuis toutes ces années. Lorsqu'on y pénétrait, on revenait 50 ans en arrière. Elle l'adorait. L'odeur atypique qui y régnait lui monta immédiatement aux narines. Inimitable, reconnaissable entre mille. Un mélange d'effluves aussi variés que ceux des bougies parfumées à la vanille, des paquets de lessive entassés à l'entrée, du pain encore chaud déposé par le boulanger quelques instants auparavant, des assortiments d'herbes aromatiques qui baignaient le cul au frais dans une grande bassine bleue, des bonbons multicolores dans les bacs en plastique et de la fragrance si particulière dont Doucette s'aspergeait sans retenue.

Et pour finir le tout, cette débauche de senteurs était couronnée du parfum enjôleur de sa fameuse terrine de lapin, dont elle gardait jalousement la composition.

Harmonie se fraya un chemin entre les amoncellements de boîtes de conserve, les équilibres instables de cartons de produits d'entretien et les bouteilles de vin et de jus de fruits qu'on achetait ici à l'unité. Elle passa la tête par l'ouverture qui donnait dans le bar minuscule attenant à l'épicerie.

Il y trônait en tout et pour tout deux petites tables carrées recouvertes de toiles cirées fleuries et entourées d'une dizaine de chaises dépareillées. Doucette était près de ses sous, aussi étaient-elles usées jusqu'à la corde, leur paillage en osier pendouillant de façon inquiétante. Le consommateur prenait toujours le risque de se retrouver le derrière cerclé, prisonnier des sièges.

Cette mésaventure, plutôt réjouissante à part pour la victime, avait beaucoup amusé le haut du village quelques mois auparavant. Jean Lecapplain, un colosse de plus de deux mètres, ostréiculteur les jours où il n'était pas ivre, était passé à travers l'assise et avait dû rentrer à son atelier plié en deux sur plus de cinq cents mètres. Il avait pu y dégoter une scie libératrice, pestant avec véhémence contre ses amis qui l'avaient laissé dans cette situation inconfortable. En légitimes représailles, il était revenu quelques instants plus tard, nu des pieds à la tête, exhibant ses grosses fesses veinées de rouge et le reste. Doucette l'avait accepté après lui avoir ordonné de dissimuler son sexe dans une botte de radis. « Comme ça, on le verra moins, confondu avec les autres légumes... » lui avait-elle déclaré en tentant de garder son sérieux.

Ce jour-là, il n'y avait personne dans la salle, contrairement aux autres mardis. Harmonie mit cela sur le compte de la chaleur. Elle remarqua à peine quelques traces rouges sur la nappe de la table du fond. Elles dessinaient comme une fleur supplémentaire sur le décor déjà chargé. Elle l'oublia aussi vite qu'elle l'avait aperçue. Elle venait se ravitailler ici depuis sa prime enfance et connaissait la règle du jeu pour être servie. Doucette habitait l'étage et prenait son temps avant de descendre s'occuper des clients. Il était d'usage de l'attendre en évitant de trop râler…

Elle s'assit sur un seau renversé, s'essuya le front puis sous les aisselles avec un mouchoir en papier et patienta. La sueur continuait de perler à travers sa courte chevelure détrempée. Les coulées acides piquaient tellement ses yeux qu'elle dût les fermer un instant. Juste assez pour se souvenir de quelques bons et beaux moments passés en la compagnie de son amie l'épicière. Harmonie rajeunit brusquement d'une dizaine d'années…

Le même souvenir lui revenait toujours dans ces moments-là. Elle se revoyait, éplorée, sanglotante, lorsqu'elle avait surpris le bel Aleksi, son amoureux d'alors, dans les bras de sa meilleure copine. Ils s'embrassaient au bas des enrochements de la plage du Nord. Elle n'avait rien dit, avait ravalé sa colère pour s'enfuir droit devant elle sur sa bicyclette.

La déception l'avait guidée jusqu'à l'épicerie, pour se réfugier dans l'alcool et trouver du réconfort auprès de Doucette. La patronne avait vite compris la peine de la jeune fille. Elle aussi en avait connu, des chagrins d'amour comme celui-ci. Elle apostropha les curieux qui se moquaient de la gamine et leur fit quitter l'établissement.

Elle prit Harmonie dans ses bras, comme une grand-mère attendrie par la tristesse de sa petite-fille. Les larmes n'en finissaient plus de couler et les reniflements laissèrent la place à un hoquet incontrôlable. Elle s'étranglait, déversant sans retenue toute sa haine de la gent masculine. Un premier déboire amoureux ne vous forge pas le caractère, il vous lamine, vous assassine. Elle était malheureuse. S'en était fini des hommes. Et du reste. Elle irait poursuivre son existence au fond d'une cellule du plus reculé des couvents.

Elle réussit à se calmer et déclara, les lèvres encore tremblantes, que « c'était un vrai salaud et elle une vraie traînée. Que tout le village lui était passé dessus et qu'elle lui refilerait les pires des maladies honteuses. Et que c'était tant mieux. Car ils le méritaient ».

La scène s'était finalement terminée autour d'un bon verre et dans de chaleureuses embrassades. Ce tendre échange entre les deux femmes avait contribué à tisser une solide amitié qui durait depuis de nombreuses années. Et même si Harmonie vivait désormais à Paris, elle ne manquait jamais une occasion de venir saluer Doucette. Celle-ci, vieillissante, puisait dans ces retrouvailles un baume à sa solitude de veuve.

Harmonie se ressaisit, décidée à combattre sa nostalgie. Déjà plus de vingt minutes que la sonnette avait averti de son arrivée. Harmonie héla Doucette, même si celle-ci en avait horreur. Devant l'absence de réponse, elle renouvela une fois, puis une deuxième. Toujours rien. Seul le bruit du ventilateur, qui brassait l'air chaud et le rendait encore plus insupportable, troublait la quiétude du petit magasin. Harmonie commençait à s'inquiéter. Un aussi long silence était inhabituel. Quand Doucette était occupée à l'étage et qu'un client se manifestait à plusieurs reprises, elle vociférait un peu aimable « on arrive » qui calmait immédiatement les plus impatients.

Harmonie secoua sa robe pour s'aérer. Ce n'était pas normal. Doucette vivait seule et la canicule présentait un réel danger pour les personnes âgées. Harmonie imagina le pire. La jeune femme fit ce que son aînée lui avait toujours strictement défendu. Malgré leur complicité, l'étage lui était défendu. Comme à tout le monde. C'était l'inviolable jardin secret de la vieille dame, strictement réservé à son seul usage.

La première marche fut la plus difficile. Harmonie bravait l'interdit. Arrivée à la quatrième qui craquait horriblement, elle réitéra son appel. Elle n'obtint aucune réponse. En posant le pied sur la cinquième, elle remarqua de nouvelles traces rouges. Cette fois-ci, y faisant attention, elle reconnut du sang. La forme de la tache lui fit penser de nouveau à une sorte de fleur, comme celle qu'elle avait aperçue auparavant.

L'inquiétude la submergea.

Elle grimpait l'escalier lentement, comme au ralenti, respirant avec peine. La chaleur se combinait à la peur qui la tenaillait et elle appréhendait de voir surgir Doucette qui lui hurlerait dessus, ou pire, d'avoir à composer avec une terrible découverte. La deuxième hypothèse l'emporta. Lorsqu'elle repéra de nouvelles traces de sang sur les marches suivantes, le sien ne fit qu'un tour et elle accéléra. Plus elle montait, plus la température montait aussi. Elle arriva devant la porte de l'appartement, affublé d'un énorme « PRIVÉ ». Elle était fermée.

Elle tapa nerveusement sur celle-ci et attendit quelques secondes qui lui parurent une éternité. Comme rien ne venait, elle tourna en tremblant l'antique poignée de céramique blanche. La sueur perlait à grosses gouttes et l'empêchait d'y voir correctement. Impossible d'ouvrir. Ses mains glissaient autour de la manette ronde. Ses jambes flageolantes la portaient à peine. Elle essaya alors d'enfoncer la porte en y assénant de violents coups de pied. Au troisième coup, le panneau céda sous la pression. Les gonds se désolidarisèrent du bois vermoulu de l'encadrement et il s'écroula.

Le spectacle qu'elle découvrit la pétrifia. Elle resta interloquée, livide, stoppée net dans un élan qu'elle espérait salvateur pour son amie en danger. Les deux personnages qui occupaient la pièce se retournèrent sur elle.

Ils étaient habillés de combinaisons intégrales qui leur cachaient jusqu'aux visages. Le blanc de leurs tenues était souillé de larges traces rouges, maculées de sang. Comme tout le sol qui en était couvert. Elle ne pouvait pas apercevoir précisément ce qui se tramait, la table étant dissimulée par les deux protagonistes. Elle ne savait pas trop quoi penser, imaginant le pire, comme le meurtre atroce de son amie. Dans cette atmosphère angoissante où les effluves sanguins se mélangeaient à ceux des corps échaudés, elle réussit à reprendre espoir en reconnaissant Doucette à sa petite silhouette massive. L'autre lui était inconnue.

Doucette posa un gros lambeau de peau sanguinolent par terre, se retourna, ôta sa capuche en plastique et défit le haut de sa fermeture éclair. Ses yeux en perpétuel mouvement dévisageaient Harmonie de haut en bas comme si celle-ci lui était étrangère. Elle avait visiblement du mal à conserver son calme et bouillait d'impatience d'aboyer sur cette intruse irresponsable qui avait fracassé sa porte. Elle respira lentement et profondément, comme pour se détendre. Harmonie aperçut fugitivement la lame brillante d'un long couteau de cuisine que Doucette cacha rapidement dans son dos.

Comme celle-ci s'approchait d'elle, elle ne put s'empêcher de faire quelques pas en arrière, dans un réflexe qui lui sauverait probablement la vie. Elle s'imaginait finir découpée en quartiers sur la table ruisselante de sang. Le sien s'écoulerait alors, mélangé à l'autre, en de longues traces rouge sombre jusqu'au sol.

Des morceaux de viande, dont elle ignorait s'ils étaient d'origine humaine ou pas, s'entassaient sur un côté de la table. Sur l'autre, probablement des abats, dont la texture et l'odeur donnaient la nausée. Dans cette petite pièce dont les fenêtres étaient soigneusement calfeutrées, la conjugaison des chairs découpées et de la chaleur engendrait des exhalaisons infectes. Harmonie faillit vomir. Sur la défensive, elle se cala le dos contre le mur, concentrée sur le deuxième personnage. Il brandissait un immense couperet de boucher, aussi large que ses deux mains. L'arme était menaçante, encore à hauteur de son visage, stoppée dans son mouvement par cette arrivée imprévue. L'inconnu la fixa à son tour. Il était ridicule dans cette tenue bien trop grande pour lui et se sentait mal à l'aise, pris sur le fait comme un vulgaire malfrat.

Doucette s'avança calmement, à pas comptés. Le ton posé, presque sévère, elle déclara.

— Harmonie, je t'avais prévenue, pourtant….

— … De ne pas pénétrer dans mon appartement sans que tu y sois autorisée.

Elle devenait inquiétante.

— … Alors, on fait quoi, maintenant ?

Cette dernière remarque sonna comme une menace. La jeune femme n'en menait pas large. La tête lui tournait. Des bouffées de chaleur l'empêchaient de respirer correctement. Elle vacilla. Il lui sembla que la pièce penchait dangereusement, d'un côté et de l'autre, que les murs se refermaient sur elle et qu'ils allaient lui broyer le crâne. Un voile rouge passa devant ses yeux révulsés et l'aveugla un instant. Elle réussit à articuler un semblant de phrase.

— J'étais inquiète, tu ne répondais pas…

Doucette s'approcha lentement, pour ne pas l'effrayer. Harmonie s'évanouit dans les bras de cette femme qu'elle aimait tant et dont, finalement, elle ignorait tout.

Aleksi, d'abord prostré, se précipita pour porter secours à celle qu'il avait trahie quelques années auparavant. Il inclina délicatement la tête d'Harmonie pour la soutenir. Doucette le retint d'aller plus loin.

— Je m'en occupe, je ne veux pas qu'elle te voie et qu'elle découvre que ma fameuse terrine de lapin n'en a que le nom…

— Tu finis de découper les restes de rat, de musaraigne, de taupe et de chat, tu les mélanges bien, et tu les laisses mariner dans la bassine.

— Avec la chaleur, demain on aura la bonne macération pour donner à mon pâté ce fumet si original. Ne mets pas trop de chat surtout, ça le rend moins goûtu.

Aleksi lui obéit comme d'habitude. À celle qui était sa maîtresse depuis maintenant plusieurs mois. La différence d'âge ne les avait jamais gênés et lui en tirait quelques bénéfices qui complétaient son maigre salaire de saisonnier. Il regarda une dernière fois son ex-fiancée allongée par terre, rempli de tendresse. Devant le regard devenu noir de sa patronne, il retourna finir sa sale besogne sans dire un mot, tranchant et découpant avec dextérité les animaux qu'il braconnait alentour.

Lorsque Harmonie sortit enfin de sa torpeur, le calme était revenu dans l'attitude de l'épicière. La pièce avait été parfaitement nettoyée et aérée et une agréable odeur la parfumait. Sur la table trônaient fièrement une douzaine de bocaux aux couvercles rouges à carreaux blancs. De belles étiquettes sur lesquelles on pouvait lire « Le vrai pâté de lapin de

Doucette, recette du terroir, 100 % bio » étaient alignées à côté d'un récipient de lait, prêtes à être collées.

Doucette murmura quelques mots à l'intention de la jeune femme qu'elle avait confortablement installée dans son fauteuil.

— Tu m'as fait peur Harmonie, tu t'es écroulée d'un coup. La chaleur sans doute…

— Et tu as déliré…

— Tu voyais des personnages menaçants, portant de longues tenues blanches, avec de grands couteaux effilés et une mare de sang… Tu as même évoqué le nom d'Aleksi. Depuis tout ce temps qu'il est parti…

— Je ne sais pas où tu es allée chercher tout ça…

— Ma pauvre, tu travailles trop. Tu n'es pas enceinte, au moins ?

Devant l'absence de réponse de la jeune femme, encore hébétée, Doucette finit par ajouter :

— Tu emmèneras une de mes bonnes terrines pour la déguster avec tes amis…

SOUVENIRS AU PRÉ

« Le vieillissement est essentiellement une
opération de mémoire. Or c'est la mémoire qui fait
toute la profondeur de l'homme. »
Charles Péguy.

Il est neuf heures du matin. Ou à peu près. Je ne
sais plus précisément. Je suis allongé dans l'herbe
fraîche, le nez pointé vers le ciel, appréciant les
senteurs humides de la rosée qui prend tout son
temps pour s'évaporer. J'en aperçois quelques
gouttes qui s'écoulent, paresseuses, le long des brins
qui s'agitent à peine. Je connais bien cet endroit. J'y
retrouve des sensations qui me plaisent toujours
autant. D'ailleurs, ai-je passé la nuit ici ?
Je ne me souviens plus très bien.

La terre souille mes vêtements. Ce n'est pas très
grave. Elle exhale son odeur caractéristique qui
m'enchante depuis si longtemps. Je suis de là. Je
l'aime. Je veux m'en barbouiller le visage comme à
l'époque. Ces effluences me conduiront tout à
l'heure vers les bons repères à champignons. Peut-
être même apercevrai-je un lièvre. Il détalera après
m'avoir toisé de ses imposants appendices, y
rajoutant une moue dédaigneuse. J'adore quand

même les lièvres. J'aurais tant voulu gambader comme eux, agile et gracile.

Les fleurs, timidement entrouvertes, chercheront au fur et à mesure de l'avancée du soleil, la chaleur et la lumière nécessaires à leur épanouissement. Elles sont nombreuses par ici. Elles m'entourent, me cernent, m'envahissent, me submergent ; pour mon bonheur. Il y en a tant, de bonheur, là, dans mon champ. Coquelicots, boutons d'or, bourrache ou chicorée sauvage. C'est un arc-en-ciel de couleurs au ras du sol, qui me ravit et que je voudrais peindre. Ou dévorer à pleines dents. Comme quand j'étais enfant, allongé au même endroit, ou presque, une tige de pâquerette entre les dents. Comme un hommage à cette petite fille qui partageait maladroitement avec moi les herbes couchées par nos corps qui se frôlaient. Nous étions si gênés, si débutants.
Elle s'appelait Paquerette. Elle aussi.

Quelques aigrettes de pissenlit s'agitent joliment sous le souffle léger qui parcourt la prairie. Je le renforce en gonflant mes joues pour faire voltiger les soies autour de moi. Une ou deux rentreront dans mes narines, pour me chatouiller. Comme quand j'étais enfant, les ramassant délicatement par respect pour leur fragilité. Pour mieux les dénuder ensuite. Cela nous faisait tellement rire, Paquerette et moi.
Mon regard s'arrête sur la cime d'un grand bouleau. Il est esseulé désormais. À l'époque, il était bien entouré. Plein de confrères lui tenaient compagnie. Je les entendais échanger leurs impressions. Sur le temps qu'il faisait ou l'orage qui

couvait. Et parfois pester contre ces maudits oiseaux qui piaillaient trop fort ou qui déféquaient sur les ramures déployées. Je traduisais leur dialecte feuillu à Paquerette, qui n'en revenait pas.

— Eh oui, Paquerette, je parle couramment l'arbre, lui affirmais-je à l'époque très sérieusement.

Aujourd'hui, il est coincé entre les misérables barbelés qui défendent l'accès au champ voisin, celui qui nourrit les vaches, et la rive boueuse qui s'étale jusqu'au ruisselet. Il a beaucoup poussé. Un de ces jours, j'y construirai une cabane pour tous les amoureux.

Si j'ai le cœur au ventre, je m'y rendrai tout à l'heure pour le caresser et l'encourager dans sa rébellion pour subsister. Et à son pied, je descendrai de nouveau la pente, en me sciant les mains aux roseaux pour m'agripper et ne pas m'affaler dans la fange. Comme quand j'étais enfant, comme quand je me baignais dans l'eau glacée qui me revigorait les jours de forte chaleur.

À l'époque, le ru était vaillant, débordant parfois de ce lit où il se trouvait trop à l'étroit. Jusqu'aux genoux j'y pénétrais, puis, dans un sursaut de courage, je m'y étalais en entier, parcouru des spasmes incontrôlables du contraste de température. Paquerette m'observait. Et se moquait, arguant qu'un de ces jours, une méchante écrevisse me pincerait bien fort le petit bout glacé qui dépassait de mon slip en coton détrempé.

Mais que se passe-t-il ?

Mon champ penche dangereusement. Mon arbre est sens dessus dessous, les racines à l'air. Mes fleurs se flétrissent à vue d'œil. Paquerette s'effiloche pour bientôt disparaître.

Je me réveille enfin. En sueur. Les seules fleurs autour de moi sont rabougries. Dans une sorte de vase qui a dû déjà servir à bien des courtoisies. Il est bien loin le temps des paysages.

Je suis dans mon lit, immergé dans la triple profondeur des couches de matelas qui me soulagent. C'était une condition pour que j'accepte de dormir ici. Sans mes trois épaisseurs, j'aurais continué de hurler jusqu'à obtenir satisfaction.

Je ne suis pas dans l'herbe.

Je ne suis plus dans l'herbe.

Immobilisé sur cette couche qui exhale des odeurs bien différentes de celles que j'imaginais dans mon rêve. De toutes celles qui me ravissaient tant lorsque je me prélassais dans mon champ.

Ces foutus tuyaux m'empêchent de bouger correctement. Je suis leur prisonnier. Je ne suis plus libre de rouler dans mon pré, tendrement enlacé avec Paquerette, la protégeant des piques qui nous martyrisaient gentiment le corps. Ou m'embobinant dans les herbes qui me fouettaient le visage quand elle n'était pas là.

C'est à ces moments-là, ça, je m'en souviens parfaitement bien, que je tentais de dissimuler maladroitement la grosseur naturelle qui s'emparait de mon sexe, gêné d'avoir à avouer un désir que je trouvais déplacé, voire incorrect. Les choses ont changé. Depuis ces derniers mois, il ne se passe plus grand-chose de ce côté-là. Peut-être un léger sursaut lorsque Camille, mon infirmière, m'apporte ma camomille puis vérifie le bon état de ma tuyauterie avant d'éteindre la lumière. Cette jeune fille pimpante et sympathique me rappelle Paquerette et ses douceurs.

Douceur de son regard gris, unique, que je n'ai jamais trouvé ailleurs, et dans lequel je plongeais comme dans une immensité marine sans fond. En apnée. Jusqu'à ce que ma belle vienne me secourir, me tirant de ma torpeur amoureuse avec un grand sourire et un tendre frôlement de la main.

Douceur de ses gestes mesurés et délicats, de ses bras élégants qu'elle agitait autour de moi comme s'ils n'avaient aucun poids. Ses doigts s'arabesquaient et dessinaient des paysages inconnus. Ils parcouraient ensuite mon corps pour en faire frissonner la surface puis les tréfonds d'une intimité que je n'arrivais plus à contrôler.

Douceur de cette voix qui me tenait en haleine lorsqu'elle me racontait de merveilleuses histoires héritées de son grand-père maternel, qu'elle avait trouvées cachées dans sa manche. Le rythme était parfait, l'articulation impeccable et elle les susurrait à mon oreille. Je buvais ses paroles comme un bon chocolat chaud qui vous glisse son réconfort jusqu'au plus profond de la gorge.

Tout cela est fini, bien fini.

Il y a déjà quelques années que Paquerette s'est fanée, emportée par la douloureuse incertitude de n'être plus elle-même lorsqu'elle se réveillait ou quand je l'accompagnais, là où nous roulions nos corps d'enfants. Dans cet endroit qu'elle ne reconnaissait plus, noyée dans son monde auquel personne n'avait accès.

Moi, je suis encore vaillant. Pas pour très longtemps probablement. Demain, je m'échapperai, arrachant tous ces terribles tuyaux qui m'empêchent de respirer, de boire, de manger. De vivre.

Je courrai jusqu'au pré, me coucherai dans la rivière pour un ultime voyage dans sa froideur revigorante, une tige de pâquerette coincée entre mes deux dernières dents.

RENCONTRE MATINALE

« Trois ordres de vérité nous guident :
les vérités effectives, les vérités mystiques,
les vérités rationnelles. »
Gustave Le Bon

Le jour n'était pas encore levé alors qu'Antoine l'était déjà depuis deux heures. Il avait pris son café, brûlant, dans son bol habituel. Celui qui était sérigraphié « Papi le magnifique », offert par ses petits-enfants pour ses quatre-vingts ans. Antoine commençait à trembler sérieusement, alors son récipient était tout ébréché, victime de plusieurs chutes. Ses gestes se faisaient de plus en plus hasardeux. Lui qui avait été si habile de ses mains. Bricoleur émérite, ses réalisations se comptaient par dizaines. Celle dont il était le plus fier, c'était son hangar noir aux merveilles. Une curieuse bâtisse dans laquelle lui seul pouvait entrer. Jusqu'à ce qu'il ne soit plus de ce monde, avait-il proclamé solennellement pendant un conseil de famille.

Malgré l'état piteux de son bol, il était hors de question qu'il en utilise un autre. C'est dans celui-ci qu'il trempait deux généreuses demi-baguettes largement beurrées tous les matins. Quand son chien avait fini les miettes répandues « par inadvertance » sur le carrelage irrégulier, il se levait, faisait une courte toilette et entamait le tour de la propriété avec son fidèle compagnon pour vérifier que tout était bien en ordre. La lueur matinale commençait à poindre et baignait l'ensemble d'une douce et rassurante couleur rose orangé qui illuminait peu à peu son entrepôt noir. Même les jours de pluie, il y allait, se couvrant d'une sorte de vague cape transparente dont il ressortait aussi trempé que s'il n'en avait pas porté.

Ce matin-là, il faisait particulièrement chaud. La température n'était pratiquement pas descendue depuis la veille au soir et il s'autorisa une fantaisie en sortant en tricot de peau. Celui auquel il tenait tout spécialement, largement échancré et qui faisait invariablement râler son épouse qui le trouvait horrible. Son objectif était clair. Aller voir si les chaleurs des derniers jours n'avaient pas endommagé l'intérieur de la construction. Après un coup d'œil circulaire pour s'assurer que personne ne le regardait, il ouvrit la porte soigneusement cadenassée. Son chien, respectueux des consignes, restait immobile à l'entrée. Lui non plus n'avait pas le droit de pénétrer à l'intérieur de l'enceinte sacrée. Antoine se retrouva dedans, admiratif de son propre travail.

Parvenu en bordure de l'étang, il se plaça devant la statue, sa plus belle réalisation, une femme au regard si pur et à l'allure si triste. Sa surprise fut totale quand il découvrit un vieux matou rachitique, mort depuis peu, car en excellent état de conservation. Les extrémités des pattes, brûlées sévèrement jusqu'à la chair, démontraient un long voyage pour arriver ici. D'ailleurs Antoine ne s'expliquait pas comment l'animal avait réussi à entrer.

Le chat avait la tête tournée vers ce plafond qui se confondait si bien avec le ciel d'azur, peint comme une infinie voûte céleste. Ses grands yeux verts étaient ouverts. Il semblait regarder fixement la femme, comme dans un ultime appel à l'aide. Son pelage noir profond était magnifique. Il décida d'empailler l'animal pour l'installer dans le décor.

Il s'approcha de la pièce d'eau qu'il avait creusée lui-même et donna à manger aux poissons. Puis il lança la bande-son des chants grégoriens qu'il adorait et partit au fond du hangar, dans son atelier, pour peaufiner les détails de son nouveau personnage d'albâtre, cet ange immaculé qui servirait de couvercle à sa dernière demeure.

BELLE INCONNUE

« La beauté de l'apparence est seulement un
charme de l'instant ;
l'apparence du corps n'est pas toujours le reflet
de l'âme. »
George Sand.

Je l'avais croisée en cette fin de journée, sur le
trottoir glissant martyrisé par une pluie drue, glaciale
comme un jet de douche mal réglé. Notre rencontre
avait été pour moi un flash, une révélation, un de ces
moments magiques où plus rien n'existe à part la
personne qui se tient en face de vous. Tout avait si
bien commencé…

J'étais sorti du bureau de tabac quelques instants
auparavant et avais été surpris par un violent orage
qui déversait toute la colère d'un ciel tellement
sombre qu'il faisait déjà nuit à quatre heures de
l'après-midi. Les gouttes étaient si grosses et si
gorgées qu'en quelques secondes les rares piétons
étaient ruisselants et frigorifiés. J'étais un de ceux-là.
Elle aussi.

Le contraste détonnant de ces longs cheveux
noirs plaqués sur ce visage d'ange pâlot m'avait
confondu. J'en avais souri de ce regard triste, de cette
attitude abattue face au déluge qui n'en finissait pas.

Elle avait souri de ma démarche pataude et empruntée. Mon pantalon trempé se ratatinait, disgracieux, sur mes chaussures sans forme et ma silhouette était gâchée par une chemise ruisselante qui me collait à la peau et mettait en valeur mes excès alimentaires.

Chaque fois que je faisais un pas, mes mocassins, inadaptés à la situation, faisaient un bruit de succion grotesque, digne d'un mauvais dessin animé.

Nous stoppâmes en même temps. Comme si cela avait été parfaitement orchestré.

Je me sentais ridicule alors qu'elle me fixait, immobile sous les rideaux d'eau qui nous glaçaient jusqu'au sang. Était-elle aussi persuadée que moi qu'il fallait avancer l'un vers l'autre, se saluer, se dévisager sans dire un mot puis se parler sans s'arrêter ? Tout cela je l'espérais car j'en ressentais l'urgence absolue.

Son regard, sa silhouette, sa démarche, tout me semblait idéal, tout me correspondait. Même les rivières de rimmel qui marquaient son visage n'arrivaient pas à dissimuler son sourire qui me prenait aux tripes.

Certaines choses ne s'expliquent pas très bien, comme cette synchronisation parfaite qui fit que nous entrâmes nous mettre à l'abri dans ce bar sans qu'aucun de nous ne l'ait proposé. Sans même nous demander si c'était la solution, si c'était raisonnable. Ou si nous étions d'accord. Nous allâmes nous asseoir sur une table tout au fond de l'établissement, en laissant sur le carrelage poisseux nos traces comme des escargots amoureux en balade. Nous étions enfin à l'abri derrière les carreaux couverts de buée qui nous isolaient de l'extérieur. Elle prit la parole, gênée comme si elle voulait s'excuser.

— Tu comprendras que j'aille me refaire une beauté, me dit-elle d'une voix tellement douce que j'entendis à peine.

Je me disais que cette expression était bien mal venue, bien mal appropriée. Se refaire une beauté alors que l'on en est une ! Quel abus de langage !

Je remarquai un discret piercing à la langue qui se refléta sous la lumière du néon. Peut-être m'adressait-il un premier signal de complicité. Elle ondula jusqu'au zinc, dit quelques mots au serveur et se dirigea vers les toilettes. Avant que d'emprunter l'escalier, elle me jeta un nouveau regard. Je n'en pouvais plus. Elle était belle. Quoiqu'un peu maigre, m'avouais-je sur l'instant, presque à voix haute. Je me repris immédiatement. Qui étais-je donc pour avoir ce genre de réflexion ? Quel imbécile ! Si elle m'avait entendu, c'en aurait été fini. J'aurais pu tout gâcher alors que rien n'avait commencé.

J'avais connu bien des aventures dont je n'étais pas très fier. J'accumulais les conquêtes d'un soir auxquelles, dès le matin venu, je ne prêtais plus guère attention. Je les larguais inélégamment, déçu de redécouvrir des visages, des silhouettes qui ne m'inspiraient plus vraiment. Le parfait séducteur macho, tellement sûr de lui. Mais là, je me sentais désemparé. Emporté par un torrent d'émotions que je n'avais jamais ressenties auparavant. Ou si, peut-être, la première fois, quand j'avais cru ne jamais y arriver. Lorsque j'étais devenu un homme (ou presque) entre les jambes de cette prostituée qui avait négocié son argent contre mon innocence. Lorsqu'elle m'avait guidé avec tendresse tellement j'avais tremblé.

Et là aussi, je tremblais. Ou plutôt je trépidais, je vibrais, je frissonnais, je claquais des dents… Et si jamais elle ne revenait pas ? Je tournais la tête dans tous les sens, pour m'assurer qu'elle ne tentait pas de s'enfuir, à la dérobée, regrettant notre rencontre.

Et puis non. Elle remonta l'escalier, lentement, pour faire admirer ses jambes qui n'en finissaient pas. Les cheveux étaient encore collés au visage, mais cette fois-ci harmonieusement, bien plaqués derrière les oreilles, dégageant deux yeux immenses.

Je me levai, presque gêné d'être ainsi accompagné. Ce n'était pas possible. Ce n'était pas vrai. Elle n'était pas avec moi, pour moi, près de moi. Je me pinçai la cuisse jusqu'à ressentir la douleur. Comme quand j'étais petit, que je m'assurais d'être bien éveillé après une nuit de cauchemars. Oui, tout était bien réel.

— Tu as commandé ? me dit-elle d'une voix moyennement déterminée.

— Deux chocolats bien chauds, répondis-je sans trouver grand-chose d'autre à ajouter.

Presque sec, j'étais plus présentable.

Le reste de la soirée s'enchaîna sur un tempo que je n'aurais pas pu imaginer quelques minutes auparavant. Les étapes se succédaient parfaitement.

Elle me parla d'elle avec une fougue qui me laissa pantois et une franchise qui me surprit. Elle se trouvait très belle (elle l'était vraiment quoique manquant un peu d'humilité), avait un travail passionnant (elle était hôtesse d'accueil dans un centre commercial), habitait en plein centre de Paris (elle logeait dans un petit studio du treizième arrondissement) et, fort heureusement, était célibataire (son ami venait de la quitter après trois jours).

À cet instant, ma vie me paraissait misérable. Je me trouvais moche, peu inspiré et le repas de midi m'était resté sur l'estomac. J'avais un sacré mal de ventre. Sans prévenir, des douleurs fulgurantes me traversaient de part en part et je me retrouvai plié en deux, faisant semblant de récupérer un objet tombé par terre. Mon intestin s'agitait, et laissait entendre de bruyants borborygmes qui manquaient singulièrement d'élégance. J'étais pris dans un tourbillon d'amour en même temps que dans un tourbillon gastrique qui m'obligea à me lever, sous prétexte d'aller enlever des chaussettes détrempées qui me glaçaient les pieds. Je lui avouai que j'étais plutôt douillet des extrémités et que la moindre des contrariétés à ces endroits-là me collait irrémédiablement un rhume carabiné. Le prochain se profilait déjà.

Je dévalai l'escalier quatre à quatre, heurtant au passage une matrone qui faillit m'envoyer en bas des marches plus vite que prévu. Je me rattrapai à la bretelle de soutien-gorge de son opulente poitrine qui tint heureusement le coup. La dame s'en trouva presque flattée ; qu'un jeune homme s'intéressât de si près à son 105 D lui fit un certain effet. Elle me pardonna rapidement, m'adressant un sourire qui essayait d'en dire long. Je me précipitai jusqu'à l'endroit libératoire, heureux d'être arrivé sain et sauf à bon port. Tout allait trop vite. Je perdais le peu de contenance qui me restait. La pluie, la belle, le café, la belle, le piercing, la belle, le repas de midi, la belle, le rhume, la belle, la grosse dame, la belle, le papier…

Ah le papier… il était déroulé entièrement. Les quelques centimètres qui avaient résisté aux assauts des clients précédents prenaient eux aussi un bain de pieds. Je m'en contentai. J'étais effondré. Avec mon ventre dérangé, qu'allait-il se passer si on devait aller plus loin ?

Légèrement soulagé de ce côté-là, correctement rhabillé, je me dépêchai de remonter, inquiet de savoir si sa place serait vide. Avait-elle eu la patience de m'attendre ? Oui, elle était là, souriante, lumineuse, sereine, étourdissante.

— Cela s'est bien passé ? me demanda-t-elle, l'air un peu pincé.

— As-tu pu te sécher les pieds… ?

— Et où as-tu donc mis tes chaussettes ?

Cette question, d'une importance capitale pour le futur de nos relations, me piégea. Je trouvai une réponse à la va-vite qui sembla lui convenir.

— Je les ai passées au séchoir électrique. Incroyable, l'efficacité de ces machines. En quelques secondes, elles étaient impeccables !

En même temps que je prononçais cette phrase sans grand intérêt, je me demandais comment enchaîner. Allais-je oser l'inviter à dîner ? Je trépignais, avec l'envie de manger le monde, de déclarer ma flamme, de monter sur la table, de crier à la ronde que j'étais heureux, qu'elle était belle, belle, belle. Que je l'aimais !

Un premier éternuement m'alerta. Le rhume démarrait.

— Décidément, je te fais beaucoup d'effet, me dit-elle, sûre de son coup.

Une salve s'ensuivit, inondant ma chemise qui avait commencé à sécher. Avec délicatesse, elle me fit un léger signe pour m'indiquer que j'avais quelque chose qui choquait à l'extrémité de ma narine gauche. Sûrement la conséquence de mes éternuements. Un rapide état des lieux avec le miroir de mon smartphone me confirma qu'une masse blanche et opaque pendouillait inélégamment. Elle me tendit généreusement un kleenex et j'enchaînai sur un autre sujet. Allai-je lui déclarer ma flamme tout de suite ou contenir ce torrent de passion qui allait tout emporter ?

Des spasmes me parcouraient encore aléatoirement, suivant un trajet dont eux seuls décidaient. J'arrivais ainsi à cerner précisément toute l'étendue de mon intestin et la parfaite localisation de ses extrémités. J'espérais que les reflux qui me brûlaient l'œsophage n'avaient pas non plus d'incidences olfactives trop incommodantes pour mon vis-à-vis. Je m'en assurais de temps en temps en soufflant discrètement dans mes paumes puis en les portant jusqu'à mon nez comme dans une prière. Je me demandais comment je devais poursuivre. Elle m'évita cet effort en reprenant la parole.

— Alors, bel inconnu, il faut faire plus ample connaissance. Parle-moi de toi.

Les évènements s'enchaînaient à merveille. Là, il fallait que j'assure. J'hésitais sur le bon angle d'attaque. On se connaissait depuis quelques moments déjà, mais je n'avais pas encore vraiment parlé, concentré que j'étais sur cette divine rencontre ainsi que sur mes ennuis gastriques et respiratoires.

— Je suis écrivain, déclarai-je, m'obligeant à me contrôler pour éviter que ce grossier mensonge ne soit trop évident.

Écrivain ! Moi qui ne suis même pas capable d'aligner convenablement deux lignes sans faire appel à mon correcteur orthographique. Moi qui manque tellement d'imagination. Moi qui n'ai pas lu un seul livre à part quelques sirupeux romans de gare érotiques qui n'ont eu que le mérite de me prouver que mes érections étaient d'une taille idoine. Depuis toujours, j'ai été beaucoup plus focalisé sur l'effeuillage de jeunes femmes que sur celui d'ouvrages réputés intellectuellement enrichissants.

— Waouh, fit-elle, s'appuyant sur un vocabulaire a priori aussi restreint que le mien.

— Écrivain !

— De vrai ?

— Tu écris quoi ?

— Des articles sur internet ?

Les questions s'enchaînaient. Je réfléchissais à une réponse valorisante.

— Des romans policiers qui se passent dans les pays nordiques, répliquai-je en pensant à cette discussion récente avec mon meilleur ami qui m'avait fait un cours barbant sur cette vague littéraire très à la mode. Youpi, j'improvisais ! Comme quoi il n'est jamais trop tard.

— Waouh, refit-elle.

— Et pourquoi des romans policiers ? Tu as tué quelqu'un ? Tu as fait de la prison ?

Je trouvai la remarque stupide sur le coup, mais me ravisai. Je m'attendais plutôt à un « Pourquoi les pays nordiques ? ». Je ne m'attardai pas sur cette dernière réflexion et essayai de continuer, la voix tremblotante, le cœur chaviré par ce regard si clair que je me serais damné pour l'éternité là, sur-le-champ, si elle me l'avait demandé. J'aurais quitté cette chaise de bar, d'ailleurs fort bancale, pour me jeter dans ses bras qui m'auraient embrasé. J'aurais brûlé pour elle.

Il fallait trouver une suite appropriée.

Après trois énormes éternuements qui arrosèrent copieusement la table et firent voleter de légères et éphémères escarbilles blanches, un nouveau renvoi me fit du bien. Il me libéra du poids sur l'estomac qui me gênait depuis le début de notre conversation. Une énième remontée acide me fit tordre la bouche, m'obligeant à la garder hermétiquement close. Mon vis-à-vis semblait s'impatienter face à ses questions restées sans réponse. Mon ventre gargouillait encore de temps en temps, mais le brouhaha de la salle en couvrait heureusement le bruit. Les douleurs abdominales s'estompaient. J'allais me lâcher et faire preuve d'invention. Peut-être même d'enthousiasme verbal.

J'étais à la fois fier de ce que j'allais lui annoncer et mal à l'aise d'avoir à lui mentir sur ma vraie profession. Bien qu'il n'y eût aucune honte à être gardien de la paix. Ce n'est pas tant les mots gardien ou paix qui gênent quand ils sont pris individuellement, mais l'association des deux qui provoquent toujours chez les jeunes filles soit une certaine appréhension soit de légères moqueries. Et puis, zut finalement, ce que j'allais lui raconter n'était pas aussi loin que ça de la vérité. J'enchaînai.

— Je suis issu d'une lignée de fins limiers et j'en ai pris naturellement la suite. Mais sous un angle plus littéraire. J'ai choisi une approche différente des problèmes.

Je m'interrogeais sur le vocabulaire et la tournure des phrases que j'utilisais. Étaient-ils appropriés ? Pas sûr, car son visage reflétait une sorte d'incompréhension frustrante en même temps qu'une sorte de béatitude, toutefois encourageante pour nos futures relations. J'allais devoir simplifier.

— Mon père, mon grand-père ainsi que mon arrière-grand-père étaient commissaires de police, renommés pour leur intégrité, leur sens du devoir et leur capacité à résoudre les énigmes les plus complexes. J'ai ainsi pu profiter de leurs expériences et de leurs conseils pour écrire des romans policiers très proches de la réalité et qui ont même un certain succès.

Je ménageai un léger silence pour m'assurer de sa bonne compréhension. Un battement de cils de sa part m'incita à continuer.

— Et tu dois probablement te demander pourquoi mes histoires se passent dans les pays nordiques ? ajoutai-je, fier de ce que j'allais lui lâcher.

— Euh... Oui, se contenta-t-elle de répondre évasivement.

Je tentai de relancer la conversation, car je sentais que son intérêt commençait à s'émousser.

— J'ai vécu une belle, mais terrible histoire d'amour qui m'a amené à m'expatrier. En Islande. C'est sur un coup de tête que j'ai décidé de rejoindre une femme qui m'avait ensorcelé. Cela m'arrive facilement et me conduit ensuite à des catastrophes.

En même temps que je prononçais cette phrase, je la regrettais déjà. Quel con j'étais ; elle allait forcément s'identifier et j'étais en train de tout gâcher. Cette fille superbe qui me chavirait le cœur allait me prendre pour un sombre dragueur. Un menteur, un imbécile, un incapable, un amant pitoyable et déchu. Je ravalai mes derniers mots en même temps qu'un énième léger renvoi. Je me mouchai dans un coin de la nappe en papier que j'avais discrètement déchiré.

Elle éclata d'un rire adorable et enjôleur qui me fit découvrir une dentition parfaite, d'un blanc immaculé seulement gâché par un gros morceau d'olive noire coincé entre ses deux dents de devant. Le serveur, habile, nous en avait gracieusement offert une dizaine pour nous inciter à consommer un apéritif. Elle s'était jetée dessus. Je n'avais pas insisté.

— C'est très amusant, me dit-elle. Depuis que tu t'es mouché avec la nappe, ton nez est tout vert.

Je passai d'un regard vers la nappe (verte effectivement) à mon téléphone pour vérifier ses dires et contrôler une nouvelle fois l'aspect de mes narines grâce à ce miroir improvisé. Vertes, elles étaient entièrement vertes.

— Je voulais t'amuser ! lui affirmai-je en essayant de prendre la chose à la légère.

Je me dispensai de tout commentaire sur l'étrangeté de son sourire, saboté par la picholine solidement accrochée. Je profitai de mon smartphone pour lui proposer un selfie qui nous regrouperait comme deux amis d'enfance. Ou deux amants passionnés, commençai-je à élucubrer.

Je passai de l'autre côté de la table et me rapprochai d'elle. Si près que la chaleur de sa cuisse irradia la mienne. Décidément, elle me faisait beaucoup d'effet. Elle se trémoussa sur son siège, remuant les fesses pour mieux se caler contre moi. En même temps que je lui conseillai gentiment d'enlever toutes traces de l'oléagineux malfaisant, je sentis sa main se poser sur mon sexe et l'empoigner vigoureusement. Plus aurait été de trop. Elle s'excusa alors que j'allais déclencher l'appareil.

— Désolée, je croyais m'accrocher au bord de la chaise. Mais ce que j'ai en main est effectivement bien moins dur.

— Désolé pour cela, répliquai-je, vexé. La prochaine fois, je ferai mieux…

J'essayai de me calmer de cet affront qui finalement n'était probablement qu'une mauvaise blague. Elle enchaîna, un ricanement inélégant au coin de sa bouche ourlée d'un rouge à lèvres qui s'était largement étalé.

— Tu sais, ce geste n'était pas qu'une maladresse !

Elle éclata d'un bon rire qui finit guttural. Ce qui, sur le coup, me surprit.

Nous prîmes quelques photos qui me consolèrent et nous rapprochèrent physiquement. J'avais récemment appris dans une formation qu'il existait des distances sociales que l'on se devait de respecter avec des inconnus et des zones intimes où il était difficile ou inconvenant de pénétrer. Sans y être autorisé. J'avais brisé cette frontière et je me situais à présent à quelques centimètres d'elle sans qu'elle se sente agressée. Je progressais à grands pas. J'étais finalement assez redoutable.

— On se tape un apéro, proposa-t-elle ?

— Avec plaisir...

Toujours aussi proche d'elle, je pouvais sentir son odeur et m'en imprégner. Celle-ci était marquée. Comme celle d'un chien mouillé. Ce qui était somme toute logique compte tenu de notre périple sous la pluie. Je ne m'en heurtai pas.

Les verres s'enchaînèrent. Nous noyions dans une ivresse bienfaitrice le mauvais temps, la tristesse d'une journée qu'elle m'avait décrite comme très ordinaire. Moi c'était tout autre. Je me disais à chaque lampée de cet alcool que c'était la bonne personne. Celle que j'attendais depuis si longtemps. Alors, motivé, je continuai le récit de mes aventures nordiques dans lequel je l'abreuvai de détails croustillants. En espérant qu'ils fissent effet. Je lui affirmai que là-bas on se réchauffe comme on peut quand il fait moins quarante et que la neige arrive jusqu'au premier étage. J'illustrai mes propos avec force gestes. J'exagérai de plus en plus. Elle était captivée. Plus j'intensifiais les faits, plus elle les gobait. J'avais enfin reconnu l'alcool dont nous abusions. Un mauvais whisky dont l'addition finale représenterait une semaine de mon maigre salaire. Qu'importe, l'ivresse a ceci de formidable, c'est qu'elle relativise le négatif et amplifie le positif, du moins chez moi. Il s'avérait de plus que cette boisson avait été le remède miracle. Je n'étais plus enrhumé. Mon ventre m'avait laissé tranquille depuis une heure. De là à conclure rapidement avec elle, j'osais à peine l'imaginer.

Ma délicieuse compagnie s'était absentée deux fois pendant mon récit, sans aucune gêne. Déconcertante de naturel, elle avait prétexté avoir à s'isoler pour des raisons qu'elle ne souhaitait pas commenter.

— Tu comprendras, m'avait-elle susurré sensuellement à l'oreille.

Cette manière de dire manquait quelque peu d'élégance, mais cela avait au moins le mérite d'être franc et sans détour.

— Commande deux verres, j'ai encore soif, avait-elle ajouté, presque coquine.

Une vigoureuse tape sur la nuque me sortit de ma torpeur. Je m'étais assoupi pendant son absence qui me semblait avoir duré des heures. Elle me secoua rudement afin que je revienne à moi. J'avais un peu honte et lui annonçai d'une façon explicite, la voix pâteuse :

— Bon, on y va ?

Bien que cette déclaration manquât sérieusement de romantisme, elle hocha la tête, d'accord sur cette nébuleuse proposition et sur le fait que je règle une addition qui allait se révéler sévère.

Elle m'aida à me relever, je titubais dangereusement, elle chaloupait sur ses talons de plus de vingt centimètres, nous étions encore une fois parfaitement synchronisés. Notre couple de soûlards ne devait pas être très beau à voir, pensai-je en approchant de la caisse pour honorer ma dette. Les autres clients devaient bien rire de nous. Qu'importe, j'étais prêt à partager avec le monde entier ma joie d'être enfin avec la femme de ma vie quand je m'aperçus que la salle était vide. Le serveur me le confirma.

— Dépêchez-vous de régler, il est temps que j'aille me coucher moi aussi… Je suis crevé.

Il ajouta :

— Je vous conseille de rentrer en taxi, vous devez éviter de conduire, il en va de ma responsabilité. Vous avez beaucoup bu. J'ai vainement essayé de vous calmer. Vous avez répété toute la soirée à la cantonade que vous étiez trop heureux. Et qu'il fallait l'arroser…

— Vous savez que vous n'êtes pas beau à voir avec votre nez qui coule, tout vert comme mes nappes.

— Votre veste est déchirée sur le côté. C'est probablement quand vous avez dégringolé de la chaise et que vous vous êtes ouvert le front contre le coin de la table. Vous nous avez fait peur lorsque vous vous êtes évanoui. Heureusement cela n'a pas duré très longtemps.

— Ah oui, je dois vous dire aussi que votre braguette est grande ouverte.

— Mais cela, nous en avons l'habitude ici, lorsque Edgar pénètre dans le bar avec quelqu'un, celui-ci en ressort toujours dans le même état…

— Edgar ? Arrivai-je à laborieusement articuler entre deux remontées d'alcool.

— Oui, la jeune fille qui a passé la soirée avec vous, c'est Edgar. On le connaît bien dans le quartier.

— Il n'est pas bien méchant. Il se fait rincer gratis tous les soirs. Et ça dure depuis un moment.

— C'est vrai qu'il ressemble de plus en plus à une femme. Une belle femme. On pourrait s'y méprendre…

AMOUR AU QUOTIDIEN

« La pitié exclut l'amour. »
Liliane Vien-Beaudet.

Il lui prit timidement la main. Elle refusa son avance et la retira en se contrôlant pour éviter toute brusquerie. Elle voulait juste lui signifier qu'elle n'était pas encore prête.

Il chercha à cacher sa déception, redressant la tête. Cette fichue tête qui tenait absolument à montrer son indépendance en dodelinant de part et d'autre, à chaque fois qu'il était contrarié.

Elle garda la sienne bien droite, s'empêchant d'échanger le moindre regard, certaine qu'autrement, elle y verrait toute la misère du monde. Elle le connaissait trop bien. Tellement fragile, tellement sensible que ce premier refus l'avait probablement rudement choqué.

Elle tenta de poursuivre la conversation, les yeux rivés sur nulle part.

— À quelle heure attaques-tu demain ?

— Je ne travaille pas, j'avais pris ma journée au cas où tu aurais voulu que nous la passions ensemble, ânonna-t-il en cherchant ses mots.

— Mais tu n'as pas le droit, tu vas te faire virer. Tu as commencé il y a tout juste une semaine.

— J'espère bien qu'ils ne vont pas me garder. Coller des enveloppes de huit à dix-sept heures, il y a mieux dans la vie, non ?

Sa voix était traînante, mélangée à cet afflux de salive qu'il ne maîtrisait jamais. Elle enchaîna, pour l'apaiser.

— Qu'est-ce que tu veux alors ?

Le visage torturé de l'adolescent s'éclaira.

— Être dehors, sentir la nature, m'asphyxier de bon air, écouter pousser les arbres. Te serrer dans mes bras et rouler dans l'herbe fraîche.

Son corps difforme s'agita de nouveau, parcouru de tremblements.

— Calme-toi, lui murmura-t-elle doucement, je vais y réfléchir.

Sa bouche s'était tordue méchamment, comme à chaque fois qu'elle avait elle aussi des décisions importantes à prendre. Une larme s'écoula derrière ses lunettes opaques. Il y avait tellement longtemps qu'elle n'avait pas pleuré. Sûrement depuis ce jour maudit où le spécialiste lui avait fait brutalement comprendre qu'elle ne serait jamais « tout à fait comme les autres ».

Elle lui saisit le bras avec force, n'arrivant pas à se contrôler entièrement.

Elle l'obligea à stopper. Face à lui, conquérante, elle passa les doigts dans sa chevelure désordonnée, tendit sa robe pour la réajuster, tira maladroitement sur les bonnets de son soutien-gorge pour mettre sa poitrine en valeur et déclara, solennelle :

— Ça y est, j'ai réfléchi.

Elle ménagea un long silence. Comme si elle désirait l'embêter gentiment.

Lui, dansait d'un pied sur l'autre, incapable de se stabiliser, malaxant du bout des doigts les poches de son pantalon. Elle reprit la parole.

— Je veux bien, mais seulement si on a des enfants…

RETOUR DU MARCHÉ

« Les fées nous endorment, nous ouvrent les portes de leur royaume, qui se referment sur nous sans qu'elles aient pris la précaution de nous en remettre la clé. »
Jean Tétreau.

Je remonte le col de mon anorak et recouvre de sa capuche mon crâne dégarni. Celle-ci se gonfle comme une baudruche sous l'effet du vent. Il s'y engouffre et y tourbillonne. Il me glace les oreilles. Pas géniale mon idée. Et dire que j'ai laissé à la Grange mon joli béret rouge qui ne me quitte pourtant jamais. Comment ai-je pu l'oublier ?

C'est vrai que ce matin, je me suis levé ensuqué, comme on dit par ici. La tête me tournait jusqu'à ce que je sorte au grand air. J'ai cette sale impression de ne pas avoir digéré le dîner d'hier au soir et de n'avoir dormi qu'une demi-heure. Les amis sont restés tard et les discussions animées se sont terminées autour d'un calvados hors d'âge qui aurait dû, normalement, faire passer tout le reste. En fait, c'est l'inverse qui s'est produit. Dès que mon tour de marché sera accompli, je rentrerai me mettre au chaud pour picorer quelques feuilles de salade accompagnées d'un de ces camemberts dont je raffole, ceux d'Eugène, mon fromager habituel. Puis direction le canapé. Celui-là, au moins, il ne me déçoit jamais. Il est toujours accueillant, moelleux, confortable, protecteur. Lorsque je m'y étale paresseusement, sa tiédeur m'enveloppe progressivement. Et si, en plus, un rayon de soleil en inonde le cuir vieilli, je sombre. Un vrai remède contre l'insomnie. Il devrait être remboursé par la Sécurité sociale, mon canapé. Ce n'est pas comme le temps d'aujourd'hui, qui avait été annoncé clément.

Pour l'instant, je marche. Je m'oblige à marcher en fait. Je manque carrément de courage. Je tire sur les deux cordons de ma capuche pour emprisonner ma tête dans la douceur de la ouate. C'est déjà mieux. Seul mon nez en dépasse. Il doit être violacé avec cette froidure de fin d'hiver. Je n'ose le toucher. Si jamais je le cassais ! Peut-être est-il gelé, fragile comme un os de verre ? Et si mon mal de crâne s'estompe, mon corps reste toutefois parcouru de soudaines et régulières convulsions, réactions légitimes aux agressions des courants d'air glacés. J'aurais dû mettre un pull plus chaud. Je n'écoute jamais ce que l'on me dit. C'est bien fait pour moi. Je grelotte de plus en plus. Je vais accélérer le pas, afin de me réchauffer et d'abréger la durée de mon périple. Je présume qu'il est midi largement passé. J'ai la flemme de sortir mon téléphone pour vérifier. Mes mains sont au chaud, ou presque, dans les poches de mon jean. Ceci me fait remonter les épaules assez haut. Avec ma démarche mal assurée, approximative, je dois paraître croquignolesque.

Je peste à répétition contre cet hiver qui n'en finit pas. Il a beau prétendre être raisonnable cette année, le froid est vraiment sévère ce matin. Et la brume humide qui perdure depuis une semaine s'immisce partout. Elle en devient poisseuse.

Je regarde la cime des arbres. Je les distingue à peine, fantomatiques ombres immobiles dans les vapeurs mouillées. J'aime beaucoup cette ambiance malgré la tenaille glaciale qui m'enserre jusqu'à l'estomac. J'aurais dû prendre mon appareil photo pour immortaliser ces squelettes de bois que je trouve romantiques.

Tiens, le gigantesque pin séculaire va perdre un de ses membres. Un de ses grands bras pend piteusement le long du tronc, seulement retenu par un morceau d'écorce. Celle-ci ressemble à un désespérant lambeau de peau que l'on aurait eu plaisir à lui arracher consciencieusement. Pour lui faire encore plus mal. Et l'humilier. C'est sûrement un nouveau coup de la tempête qui a soufflé cette semaine. Je souffre pour lui, car c'est mon préféré. Je me fais alors cette réflexion que le jour où les arbres se vengeront, il faudra se garder de sortir.

Je m'échauffe petit à petit. Mon rythme est meilleur. J'arrive aux inesthétiques panneaux de bois qui isolent les campeurs de la route (et réciproquement) lorsque la saison bat son plein. Au loin, la bifurcation qui mène à l'hippodrome puis à la place du marché. Quelques mètres devant moi, un étrange cortège vient dans ma direction. Un individu, accompagné de trois animaux, des chiens probablement. Je les distingue mal. Encore quelques mètres. Je porte mon attention sur la personne. Je la discerne mieux. C'est une femme, à n'en point douter. Sa tenue est légère. La transparence de sa robe me renvoie une silhouette parfaite. Je suis surpris de la voir aussi peu habillée par un temps pareil. Mener les trois chiens doit être suffisant pour la réchauffer. Ou alors, elle est incandescente, parcourue d'un feu intérieur que je ne m'explique pas. Je reste interloqué, moi qui grelotte toujours. De plus, il me semble qu'elle marche pieds nus !

Elle n'est plus qu'à une dizaine de mètres. Je lui souris d'abord puis enchaîne sur une moue aussi admirative qu'interrogative. Trois chiens pour cette personne qui paraît si fragile, mazette, quelle abnégation, quelle bravoure !

- Bravo, lui adressé-je. C'est du courage de les promener ainsi par un temps pareil. Vous n'avez pas froid ?

Je ne suis pas sûr qu'elle m'ait compris, car elle ne fait aucun signe pouvant m'inciter à poursuivre la conversation.

Un jeune chien fou s'échappe du groupe en jappant furieusement. Il se met à courir à ma rencontre. Son derrière se balance en cadence avec ses pas un peu gauches. Ses pieds d'un blanc immaculé semblent disproportionnés, comme s'il portait des baskets beaucoup trop grandes pour lui. Cela lui confère une allure désordonnée et très amusante. Maintenant, il fonce sur moi. Je n'en connais pas la race, je suis ignare en la matière. Peut-être est-il méchant ? Dangereux ? En tout état de cause, il est joyeux, et me met en confiance. Il se jette sur moi, saute jusqu'à mon poitrail et me gratifie de ce qui doit être un amical salut en langage canin. Les traces de ses pattes trempées décorent désormais mon vêtement. Je ne lui en veux pas. Il faut bien que jeunesse se passe. Il a bien tenté un coup de langue sur mon visage, mais j'ai pu l'éviter de justesse. De toute façon, il ne ressort toujours pas grand-chose de ma capuche. Il n'aurait eu qu'un bout de nez glacé comme exutoire.

Le deuxième est plus calme. Il avance au pas, parfaitement synchronisé avec sa maîtresse. Ils ne font qu'un. C'est un grand chien, qui s'apparente à un berger allemand. Un de ceux qui m'ont constamment impressionné. Son museau respire la force ; noir, très noir, il doit abriter de sacrées rangées de dents bien aiguisées. Il est digne, comme sa maîtresse. Et lui adresse régulièrement un tendre regard, tout en observant les alentours avec la précision d'un métronome. Il semble la protéger comme un vrai garde du corps.

Le troisième est à la traîne à cause de ses courtes pattes qui le handicapent pour suivre le rythme des autres. Il doit être âgé. Il souffle comme une vieille locomotive qui trime à grimper une forte pente. De son nez écrasé sortent sporadiquement quelques fumerolles qui montrent sa gêne. Celui-là, il me fait de la peine.

La femme arrive à ma hauteur, se campe devant moi comme pour m'empêcher de passer. La blancheur de son teint me stupéfait. Elle commence à s'excuser. Pour son chien. Le plus dissipé.

- Il est si jeune, et si mal élevé, dit-elle d'une voix comme je n'en ai jamais entendue.

Si claire, si suave, si aiguë.

- Je ne lui en veux pas, lui confié-je.

Je plaisante maladroitement en lui disant qu'effectivement, j'aurais préféré que ce fût elle qui me sautât au cou. Pas terrible comme blague. Elle en rit légèrement, gracieuse. Très gracieuse. Elle me confie qu'elle les a récupérés à la SPA. Elle ne supporte pas de voir les animaux abandonnés de la sorte. Et m'avoue en avoir deux autres en adoption. Elle va les chercher la semaine prochaine.

Je la gratifie d'un classique « bon courage » ne sachant pas quoi dire de véritablement intelligent. Je suis désarçonné ; par la situation ; par l'improbable rencontre ; par cette étrange beauté que j'ai du mal à analyser. Il émane de cette femme quelque chose de fort, d'unique, de « spécial » qui me tétanise dans mes réactions. Le regard droit devant elle, elle m'adresse un utopique « à bientôt » auquel je ne crois pas et poursuit son chemin. Je voulais tant lui demander pourquoi sa robe était si fine, si transparente, si légère. Pourquoi ses pieds étaient nus sur l'asphalte râpeux et trempé. Je n'ai pas trouvé les mots, pétrifié sur place comme une statue de sel qui aurait fixé ce qu'il ne fallait pas regarder.

Le vieux chien retardataire me croise alors, me toisant de ses à peine quarante centimètres et m'adresse un méchant geignement pour mieux montrer son autorité. Je lui renvoie le même, en plus grave, plus profond. Il est troublé par ma réplique, feint de l'ignorer en haussant des sourcils broussailleux surmontant des yeux globuleux vides de toute expression. Sauf de cette misère de souffrir encore et toujours du poids de toutes ces années. Un renouveau d'énergie l'aide à continuer sa route. Les trois autres l'attendent. Le plus jeune bondit de nouveau et va l'encourager en le débarbouillant généreusement.

Ils sont maintenant redevenus des silhouettes incertaines qui s'enfoncent dans les vapeurs denses, comme de malins fantômes insaisissables, au milieu de la côte.

Brusquement, la femme se retourne. Je suis toujours prostré au même endroit. Je n'ai plus froid. Je n'ai plus mal à la tête. Je suis surexcité par cette rencontre, mais je ne peux bouger. Ni avancer. Ni reculer. Juste remuer légèrement sur place. Peut-être est-ce pour m'interdire de la suivre ? J'arrive à distinguer ses yeux, alors qu'elle est hors de vue ou presque. Des yeux ? Ou pas tout à fait. Des billes de feu, étrangement lumineuses, même de si loin. Je me frotte les miens, en me secouant. Pas de panique, ce n'est probablement qu'un effet d'optique, tout au plus. La réverbération d'un rayon de soleil qui a réussi à percer les nuages, plus haut dans la côte qui dessert le manoir. D'ailleurs, cette lueur jaune orangé est bien celle que je lui connais. J'ai envie de la voir de plus près. Je suis comme un de ces poissons pris au piège des lamparos. Pour le moment, cela reste impossible. Je suis paralysé.

Le plus jeune des animaux fait de même. Je perçois de minuscules cercles lumineux qui s'agitent en même temps que lui, dessinant d'improbables arabesques. Mais cette fois, ils sont violets et se jouent de la brume qui est incapable de les contenir. Je baisse la tête, comme si j'étais honteux de pouvoir être invité à un pareil spectacle.

Je me parle à moi-même, comme cela peut m'arriver lorsque j'invente une histoire et que je la teste en même temps que les idées abondent. J'essaye de me rassurer, d'arrêter de douter de la véracité de ce que je vois, de ce que je vis. Je m'interpelle.

— Et alors mon gars, tu as un coup de fatigue ?

— Tu aurais dû déjeuner ce matin. La gâche, moelleuse à souhait, te tendait ses croustillants piquants comme un gros hérisson. Pourquoi ne pas l'avoir dévorée entière comme il t'arrive de le faire parfois ?

Je me le demande. Je relève mon visage, histoire de me confirmer que tout va bien. Les quatre formes approximatives ondulent encore dans le brouillard épais. Puis elles s'arrêtent et se regroupent.

Le deuxième chien, le plus costaud, garde toujours sa maîtresse. Il a, lui aussi, deux billes de lumière à la place des pupilles. Elles sont vertes cette fois-ci. D'un éclat irréel. D'une violence inouïe. J'hallucine. Ce n'est pas possible. L'angoisse commence à gagner sur la surprise, la stupéfaction. Sa tête s'agite toujours de ce mouvement circulaire qui balaie tout l'environnement. Semblable à un phare prévenant alentour de ne pas s'approcher.

Quant au dernier, celui que j'ai toisé tout à l'heure (je me le reproche, j'aurais mieux fait de l'ignorer. De tous les ignorer d'ailleurs…), il a soudainement gagné au moins un mètre. Ses pattes se sont allongées. Elles paraissaient musclées, énormément. Brusquement, il hurle. Il m'arrive le cri d'une bête qui va vous dévorer après vous avoir couché à terre sous un assaut terrible. De ce que je devine être ses orbites sortent des flammèches incandescentes qui s'évanouissent dans l'air humide, transformant les gouttelettes en de sublimes évanescences contrastées. Le feu et l'eau se mélangent harmonieusement, créant de magnifiques arabesques qui virevoltent jusqu'à moi.

Je suis tétanisé par la beauté psychédélique de ce qui s'offre à moi. Comment de simples animaux peuvent-ils produire de si jolies visions ? Je ne réfléchis même plus à l'absurde de la situation. Si je devais le faire, je n'apprécierais probablement plus ce qu'il se passe devant mes yeux. Ou alors, peut-être, cela est-il uniquement dans ma tête ? Je suis malade ? Peu importe. Cette sidération m'est plutôt agréable finalement. Le silence absolu dans lequel se déroule ce spectacle ajoute à sa profondeur et à sa majesté.

Dans ce déluge de feu, je n'avais pas repéré que la femme avait gagné du volume, de la prestance, de l'envergure. Elle s'est transformée petit à petit. De cette simple passante prend forme progressivement dans des déformations subtiles et plaisantes une magnifique créature dont l'unique qualificatif qui me vienne à l'esprit est celui de fée. Elle est désormais à moins d'un mètre de moi. Elle s'est déplacée sans mouvoir un seul de ses membres, glissant sur l'asphalte trempé comme si c'était un tapis volant. Sa silhouette élancée, sa longue chevelure accordée aux arabesques des flammèches de son animal et la majesté de son port me laissent pantois. J'espère que personne ne va arriver, pour que je profite égoïstement de ce spectacle. Ce matin, je n'ai pas envie de partager. Les chiens se sont calmés, éteints devrais-je dire. Ils se sont reculés pour laisser passer la maîtresse. Ils sont parfaitement alignés derrière elle, admiratifs en même temps que protecteurs, si jamais il me prenait l'idée saugrenue de la toucher, j'imagine qu'ils feraient de moi une charpie sanguinolente en quelques secondes.

Ma fée est à quelques centimètres de moi. Je sens son odeur, qui a pris le dessus sur la moiteur ambiante. Cette essence m'est mystérieuse. Je peine à y distinguer quelques effluves qui pourraient me rappeler quelque chose d'habituel. Je n'y arrive pas. C'est comme si toutes les fleurs du monde avaient mélangé leurs pétales pour bousculer mes repères et m'amener en odorat inconnu. Peu importe, ceci m'enivre et c'est très bien comme cela.

L'air s'est réchauffé, mais seulement autour d'elle. Décidément ce samedi matin n'est vraiment pas comme les autres. Je distingue plus loin, sur la droite, les deux phares d'une voiture qui se rapproche. Zut, il va falloir partager ! Puis, brusquement, comme le temps qui s'est arrêté depuis quelques instants, la progression du véhicule en fait de même. Par respect probablement. Respect de la beauté de la situation, respect de mon intimité avec ma créature.

Ses déplacements sont lents et harmonieux. Ce n'est pas très étonnant, car elle ne touche pas le sol. Elle m'encercle dans un mouvement où seul le frôlement de sa robe ondulante siffle doucement contre mes vêtements. Tout ce qui faisait il y a quelques instants l'environnement sonore habituel des lieux a disparu. Happé. Par je ne sais quelle étrange mangeuse de bruit. Ma fée continue de décrire des circonvolutions autour de moi. C'est sûr, elle va finir par me donner le tournis. Avec ces fragrances délicates, le mélange va être détonant…

Finalement, je me sens euphorique, dans un bien-être fou. Une cénesthésie bienfaitrice d'une douce chaleur m'envahit. Y aurait-il de l'excitation dans tout cela ? Oui, celle de ressentir des sensations uniques, tellement originales que je ne sais toujours pas comment les qualifier, les nommer. Brusquement, elle s'arrête. Son visage juste à hauteur du mien. C'est vrai que jusqu'à présent, je n'y avais pas trop prêté attention, absorbé, envoûté par tout le reste… Il est oblong, sa peau diaphane laisse transparaître de fines veines qui battent à plein. Son crâne est proéminent comme s'il devait contenir tant et tant d'intelligence, de secrets, de bonheur à partager. Ses yeux sont d'une forme elliptique, leur couleur est indéfinissable, car elle semble pouvoir la changer au gré de ses envies. Les lèvres sont minces, entrouvertes, car elle murmure des sons inconnus qui sont comme une mélopée, mais joyeuse. Sa chevelure, blanche, abondante, bouge en synchronisation parfaite avec ses mouvements.

Elle me regarde, perçante. Je devrais plutôt écrire qu'elle me scrute, me pénètre, s'empare de moi. Lentement, mais inexorablement. Et même s'il y a danger, je reste impuissant à réagir. De toute façon, je n'en ai pas envie. Elle m'inocule du bien-être, m'envoie des sortes d'ondes qui me transpercent le cerveau et me font voyager dans des terres inconnues. Des sensations bizarres, je n'ai plus la notion du temps, des images somptueuses défilent devant mes yeux, comme dans un extraordinaire kaléidoscope. Des sourires larges, des visages magnifiques se succèdent. Des mains aux paumes généreusement ouvertes se tendent vers moi. Des yeux clairs et espiègles me renvoient des espaces inconnus où j'ai envie de me perdre. Et je distingue des corps élancés qui courent jusqu'à la mer dans les dunes de la pointe à quelques encablures de là.

Puis tout s'arrête. Je m'écroule sur le bitume, exténué. En plein milieu de la rue. Ceci dure seulement quelques instants et je sens que l'on me tapote doucement sur l'épaule.

— Eh ho, ça va ?

Un cycliste de passage a stoppé pour se préoccuper de ma santé. Je me lève d'un coup. Comme si rien ne s'était produit. Je lui réponds.

— Parfaitement, soyez rassuré. Merci.

Je rentre à la maison. Je cours m'allonger sur mon fidèle compagnon de cuir. Je me love sous deux épais coussins. Merveilleusement heureux. Des étoiles multicolores s'agitent encore dans ma tête.

Une semaine s'est passée. J'ouvre le portail blanc.

Je me sens particulièrement bien aujourd'hui. Comparativement à samedi dernier, c'est le jour et la nuit. Le grand écart. J'ai cette envie irrésistible de conquérir le monde. Je suis enthousiaste. Conquérir quoi ? Je ne sais. Quel monde ? Je ne sais. Depuis cette aventure, je me demande vraiment s'il n'en existe pas plein d'autres. Comme celui de ma fée par exemple. Allez, ressaisis-toi. Tu délires. Ce n'était qu'un coup de mou. Un gros coup de fatigue qui t'a fait fantasmer. Toujours est-il que physiquement et moralement, j'ai passé une super semaine.

Ce matin, il fait frisquet de nouveau. Mais le soleil est présent, encore tout pâlot. Un réveil langoureux qui dure. Il a fait la grasse matinée. Comme moi. Je dois me dépêcher, car à cette heure, il ne va pas rester grand-chose au marché. J'y passe toujours tard, pour profiter des ultimes promotions, mais là, quand même, j'y vais un peu fort. Il est carrément plus de midi.

J'appréhende ma sortie autant que je l'espère. Vais-je vivre la même expérience que la semaine dernière ? Vais-je la croiser de nouveau ? La sentir ? Écouter ce silence régénérateur autour d'elle ? Me déplacer encore une fois sans aucun effort ? On verra bien. Moi, au moins, je l'ai rencontrée… J'ai cette chance. Je n'en ai parlé à personne, mais toujours est-il qu'autour de moi, chacun n'a eu qu'à se louer de ma bonne humeur, de ma complaisance. J'ai même fait preuve de patience. Oui, de patience… Envers tous ces petits tracas du quotidien dont j'ai habituellement horreur. Toute la semaine, j'ai rechaussé mes baskets, enfilé le collant de jogging. Je m'y suis senti boudiné et moche, anxieux de croiser la fée ainsi accoutré. Il n'en fut rien heureusement. J'ai simplement fait rire quelques passants peu généreux qui se sont moqués de mon allure lourdaude et de ma respiration hachée ; s'ils m'avaient vu hier, là, je gambadais en redressant la tête, fier de moi, faisant taire les quolibets sur mon passage.

Je jette un œil alentour, histoire de m'assurer qu'elle n'est pas encore là avec son cortège de chiens illuminés. Je ne suis pas encore prêt. Si elle surgit maintenant, je vais être désemparé. Son monde est si différent. Moins cruel. Si merveilleux. Si dérangeant. Si extraordinaire dans le sens plein du mot. J'étais tourneboulé après mon expérience. Même s'il ne m'en reste que quelques bribes. Souvenirs fugaces qui ont disparu aussi vite qu'elle. Ma fée s'est effacée progressivement. Inexorablement. Comme l'encre d'un misérable ticket de caisse qui s'atténue au fil du temps.

S'effacer de mon esprit, c'est encore un de ses tours de passe-passe, j'en suis certain. Ma fée est une maline. Ma fée se moque de moi. Je dois me préparer à la revoir. C'est sûr, elle va revenir me charmer, pour mieux me hanter. Ce matin est un test. Je vais reproduire les conditions identiques à son apparition. J'ai pris grand soin de m'habiller de la même façon que samedi dernier. Strictement de la même façon. Je commence à me diriger vers le marché, attentif, aux aguets.

Devrai-je encore longtemps patienter ?

AINSI VA LA VIE

« La musique fait danser les consciences. »
Enzo Cormann.

La terrasse du bar surplombe la digue. Nouvellement refaite, c'est une réussite. C'est vrai que d'ici la vue est imprenable. On domine la cale qui déroule son ruban de béton arasé par les mouvements incessants de la marée pour s'enfouir dans le sable et disparaître. Et aussi la plage, qui s'étend paresseusement après les gros blocs de pierre jusqu'à l'horizon.

Et que dire alors du spectacle à la tombée du jour ? Il fait l'unanimité. Incandescent. Ardent. Fébrile. Quelques chanceux apercevront le rayon vert entre deux verres de vin blanc et un plateau d'huîtres fraîches ramassées quelques encablures plus loin.

Je suis attablé en bordure. La vitre couverte des embruns de la nuit me protège des remontées des courants d'air. Ils sortent pour le moment vainqueurs de leur combat contre le soleil pâlot, fainéant à cette heure. Comme moi d'ailleurs. Je suis en avance. Ce n'est pas franchement mon habitude, alors je déguste ces moments rares et tranquilles autant que mon thé brûlant. Je prends mon temps. Avec délice. Il ne m'arrive pas souvent d'être contemplatif, mais quand c'est le cas, j'essaye de l'être jusqu'au bout. Je vais être attentif à tout ce qu'il se passe autour de moi. Le noter, au moins dans ma mémoire. Sans idée précise de ce que je pourrais en faire plus tard. Juste par curiosité. Tout du moins au début. Sans savoir vraiment si ces observations se retrouveront un jour consignées dans un livre. Comme cela va être le cas dans ce qui suit.

Sur le promenoir se croisent les premiers passants, toujours aimables en ce beau début de journée. Sur le rivage, un groupe composé exclusivement de femmes a entamé le rituel de l'éveil musculaire. Elles pointent le derrière en cadence, sous les ordres d'un godelureau qui pérore autant pour son maigre salaire que pour faire admirer sa parfaite morphologie moulée de près dans un collant aux accents fluorescents. Peut-être suis-je à cet instant un peu jaloux de lui…

Ainsi va la vie.

Cette réflexion ne m'apparaît pas être d'une grande profondeur, mais elle reflète parfaitement mon état d'esprit à ce moment. Les événements se déroulent devant moi inexorablement, sans que j'y puisse grand-chose. J'ai envie de me laisser porter par tout ce qu'il se passe et qui va se passer. En simple spectateur dans un premier temps, pour pouvoir m'impliquer ensuite progressivement.

Je vais en profiter avant de démarrer ma séance de dédicace. Elle a lieu dans une bonne demi-heure et je dois m'y préparer. Parce qu'à ce moment-là, il faudra en trouver des idées originales, des répliques renversantes. Et aussi faire preuve de pertinence, de singularité, et de bon sens. Faire jaillir l'argument qui fait mouche pour vanter mes écrits. Et éviter les fautes d'orthographe dans mes signatures. C'est ma hantise les fautes d'orthographe dans les dédicaces personnalisées.

La serveuse est passée, un peu froide et distante. Normal. Bougonne, elle démarre sa journée. Comme vous et moi. Comme un bon diesel qui doit s'échauffer progressivement jusqu'à ce qu'il ronronne enfin, heureux qu'on ne l'ait pas brusqué. Je retire le sachet de l'eau brûlante. Je l'aime léger, mon thé. Et bien sucré. Je la rappelle. Elle a oublié mon aspartame. Même posture. Je l'ai probablement dérangée pour pas grand-chose. J'avale une première goulée. Elle me fait du bien. Il fait frisquet. La canicule, ce sera pour plus tard. Ou pour jamais.

Lorsque je suis dans cet état d'inactivité physique et intellectuelle, ce qui n'est pas fréquent, le processus est toujours le même. Je le connais bien. Je commence par capturer un événement puis le personnage qui va en être l'acteur principal par la grâce du metteur en scène que je vais être pour l'occasion. Mes observations sont alors précises, détaillées, presque chirurgicales. Elles me servent pour figer ces moments dans ma mémoire, ou dans celle de mon appareil photo. Et de là, tout s'enchaîne.

La vie présumée de ma cible s'invite dans ma tête. Et se déroule. Suffisamment pour en fabriquer un vrai morceau d'existence. C'est étrange de mélanger ainsi les instants présents, bien réels, avec les situations imaginaires que j'en extrapole. C'est comme si le personnage principal me confiait ses histoires les plus intimes dans le creux de l'oreille. Comme si nous étions amis depuis longtemps. Et qu'il en éprouvait le besoin. Se livrer à moi, rien qu'à moi.

— Ainsi va la vie, me répété-je en apercevant ce couple de personnes handicapées qui vient juste d'arriver sur la digue.

Prisonniers de leurs fauteuils à roulettes, ils sont verrouillés à jamais dans ces pièges infernaux, indissociables de tous leurs mouvements. De tous leurs gestes. Même les plus intimes. Eux, ils ne pourront pas fouler le sable. Courir à perdre haleine pour tremper un bout d'orteil dans une flaque remplie de l'eau glacée de la dernière marée. Ils se séparent.

La femme descend doucement la cale encore humide. On dirait qu'elle glisse, comme si elle s'élançait pour prendre un envol. Elle s'arrête juste avant les premières vaguelettes et se fige devant l'immensité. Que peut-elle y trouver, elle qui ne peut pas en profiter ? Des souvenirs d'enfance heureux ? Un espoir d'infinitude libératrice ? Elle est loin, je la distingue à peine malgré le zoom de mon appareil photo dont je me suis emparé. Ceci m'empêche de me projeter dans sa vie, dans son être. Je n'ai pas assez d'éléments précis pour en faire une histoire.

Je me raccroche alors à la deuxième personne. L'homme.

Lui, je peux le détailler minutieusement. Il s'est arrêté en haut de la pente qui mène jusqu'à la plage, celle qu'empruntent tous les baigneurs. Sablonneuse, elle ne lui est pas permise. Tout à l'heure, il y croisera les sportives matinales, essoufflées et suantes après leur séance. Ses gestes sont mesurés. Il est emmitouflé. Immobilisé comme il l'est, impossible de survivre aux vents mauvais sans quelques précautions vestimentaires.

Ma première pensée est évidente. Elle me vient en même temps que la dernière goutte dans ma tasse (celle que je préfère, car la plus sucrée) : « Que lui est-il arrivé ? ».

Je commence à échafauder des hypothèses de maladie ou d'accident. J'ai du mal à imaginer quelque chose de plus original, de plus improbable, de plus aventureux pour le moment. Je le vois porter à sa bouche quelque chose qui n'est certainement pas là pour le réconforter ou le réchauffer. C'est un harmonica. Les mouvements latéraux de ses mains et de son visage en cadence me le confirment. En même temps m'arrivent les premières notes poussées par les courants d'air.

Quel beau portrait ! Cet homme au dos voûté qui dessine comme une arabesque en parfait accord avec les cercles des roues de sa machine. Je n'ai pas l'impression que ce soit un grand musicien. La mélodie est heurtée, le rythme hésitant. Ce n'est pas très grave. Il doit s'échauffer. Comme ma serveuse de tout à l'heure.

Peut-être veut-il compenser ainsi son déficit ? Se rendre intéressant aux yeux des autres. Comme tous ces clochards que je croise dans les gares, après la ruée des travailleurs, s'escrimant sur des pianos en libre-service. Ils ne savent pas jouer. Ils s'amusent et s'obligent à sortir quelques sons cacophoniques. Juste pour se faire entendre. Juste pour faire comprendre qu'eux aussi, ils existent et valent le coup d'être pris en considération. J'espère que personne ne viendra lui donner une aumône, à mon harmoniciste. Ce serait trop condescendant. Trop méprisant. Il mérite mieux, mon musicien.

Deux enfants turbulents, en équilibre instable sur leurs gyroscopes, ont trouvé qu'ainsi, ils lui ressemblaient, avec leurs roues mimant celles du fauteuil. Ils s'approchent. Ils vont se moquer. J'en suis sûr. J'enrage. Mais ils se sont brusquement calmés, hypnotisés par l'homme à l'harmonica. Respectueux. Ils sont fascinés par quelque chose que je ne distingue pas encore. J'empoigne de nouveau de mon appareil photo, je zoome au maximum sur le visage de l'inconnu. Je veux en apprendre plus sur lui.

Un soleil timide en provenance des terres a percé entre les deux rangées d'habitations. Il éclaire le profil de l'individu et m'aide ainsi à en savoir plus. À l'instar des enfants, la stupéfaction me saisit, stoppant net le geste que j'allais faire pour déclencher mon appareil…

Ainsi va la vie.

L'homme a le visage complètement brûlé. Il est défiguré. Il n'a presque plus de chair. Une énorme cicatrice lacère un nez proéminent, mis en exergue par le manque de matière de la face. Un frisson aussi profond que ce sillon me parcourt. Je suis mal à l'aise. Je continue toutefois de l'observer. Ses mains s'agitent alors, saisies d'une réelle frénésie qui n'est plus que musicale. Il entre dans une sorte de transe qui effraie les gamins qui détalent comme ils étaient arrivés, criant comme des mouettes affolées par le vol de leur nourriture. Les tremblements s'accélèrent. J'ai posé mon appareil photo, je regarde la scène dans sa globalité. Dois-je lui porter secours ?

En même temps que cette interrogation me vient, je me dis qu'une telle indiscrétion pourrait être mal prise. J'hésite quand je vois sa compagne remonter de la plage en marche arrière. Quelle dextérité ! Elle savait qu'il n'était pas bien et elle arrive pour l'aider. Comment l'a-t-elle deviné ? Ces deux-là doivent correspondre d'une façon qui n'est pas ordinaire.

Arrivée à côté de lui, elle fouille dans son sac et en extrait ce que je pense être une toute petite boîte blanche. Le dessus de l'étui renvoie des éclairs de lumière comme si celle-ci surgissait de l'intérieur. C'est probablement d'elle que viendra le salut. Elle va l'aider à aller mieux. Je l'espère. Je reprends mon appareil pour percevoir les détails de la scène. D'une main, elle arrive à lui faire ingérer quelque chose, l'autre occupée à caresser le visage raviné toujours tremblotant. Elle le cajole avec tendresse et bienveillance. Avec amour. La délicatesse du geste qui ralentit et s'attarde sur la peau flétrie en est une preuve irréfutable.

L'homme s'est calmé brusquement. Le traitement a été radical. Dans l'affolement, l'harmonica est tombé. Il désigne l'instrument à sa compagne qui s'arc-boute pour tenter de s'en saisir. Je fais la mise au point sur le regard du musicien.

Le regard a toujours été pour moi le reflet immédiat et révélateur des émotions. Il est incontrôlable et vous donne une indication précise de l'état dans lequel se trouve votre interlocuteur quand vous y faites attention. Et celui-là, il est tellement démonstratif. C'est une supplique, un tel appel à l'aide pour récupérer son instrument que je laisse tout en plan et me précipite. En passant, je rassure la serveuse que je ne me fais pas la malle sans payer. Je lui abandonne mon sac, plein de mes romans, en otage. Et un gentil sourire, promesse que je reviendrai pour l'addition et un généreux pourboire. Elle agite un index pointé vers moi, symbole de terribles conséquences si ce n'est pas le cas. Lorsque je la frôle pour descendre de la terrasse de bois, elle me dit d'une voix rassurante en même temps qu'irritée :

— Oh, vous savez, c'est comme ça tous les matins…

— Oui, mais moi, je ne suis pas là tous les matins, lui répliqué-je.

Agacé, j'ajoute :

— Et j'ai très envie de l'aider…

Elle soupire, me regarde de travers, déjà lasse d'une journée qui vient seulement de démarrer. Elle retourne derrière son comptoir, jette un coup d'œil sur son smartphone, dans l'espoir d'y lire un SMS encourageant.

Ainsi va la vie.

Je descends la pente et arrive à proximité de l'individu. Sa compagne lui parle désormais doucement à l'oreille. Ils sont roue contre roue. Comme les amants le sont corps à corps. Il commence à se calmer, mais continue de montrer d'une main tremblotante l'harmonica qui est toujours à terre. Je m'en saisis avec précaution. Celui-là, il doit valoir une fortune. Toute une vie en fait. Il est magnifique.

Il est recouvert d'un aluminium soigneusement ouvragé d'une multitude d'arabesques qui brillent au soleil et renvoient vers son propriétaire la lueur d'espoir qu'il va incessamment récupérer son bien. Parfaitement courbé, il doit épouser à merveille les contours de cette bouche qui y promène des lèvres amoureuses de son métal. J'aperçois les lames qui vont bientôt s'agiter sous le souffle de l'artiste. Et je distingue une annotation en relief, qui ne me dit rien sur le coup : Montreux, 1971.

Je frôle l'épaule de la femme qui se retourne brusquement, me montrant un visage qui n'en a que le nom. Il est tordu dans tous les sens, la bouche semble avoir été découpée par un cutter de part en part comme dans une mauvaise série B. La peau ressemble à une sorte de papyrus défraîchi. Comme ceux que l'on ramène de virées touristiques, froissés, pliés intentionnellement pour faire croire qu'ils ont au moins deux mille ans.

Elle n'a qu'un œil. À la place du deuxième, une paupière dérisoirement rabattue sur ce qui doit être un trou béant. Comme un vulgaire rideau de fer sur une vilaine devanture que l'on ne veut plus exposer.

C'est sûr, il y a eu un accident. Elle a été brûlée elle aussi, avec son compagnon. Ils étaient ensemble ce jour-là, c'est sûr, c'est certain.

J'ai un impérieux besoin d'en savoir plus.

Ce regard insolite me paralyse. Cet œil unique de cyclope possède une étrange clarté. D'un bleu si léger, si aérien qu'il en est presque transparent. Elle colore à peine une pupille fixe, dilatée comme celle d'un chat dans l'obscurité. Il me pénètre et m'empêche pratiquement de réagir. Je dois me ressaisir. Fier de moi, je tends à l'homme l'instrument que j'ai soigneusement essuyé, le sable du promenoir s'étant engouffré par ses ouvertures. J'aimerais tellement qu'il puisse s'en saisir.

Sa compagne articule avec peine une phrase que je ne comprends pas dans un premier temps. Lui regarde avec impatience son harmonica et m'encourage par un geste hésitant. Elle la répète plus lentement, habituée qu'elle doit être à ce que les autres ne la déchiffrent pas immédiatement.

— C'est gentil, vous pouvez lui rendre maintenant. Il doit jouer. Il faut absolument qu'il joue. Merci jeune homme…

Moi, jeune homme, elle sait drôlement bien y faire ! Ses mots sont hachés, un sifflement aigu accueille chaque fin de syllabe et j'ai mal pour elle. Mal des efforts inouïs qu'elle doit faire, simplement pour lui porter secours. Et pour me remercier. Ça n'en valait pas le coup, me dis-je. Je vais le lui dire. Non, pas la peine. Dans un échange, c'est bien si tout le monde y apporte du sien.

L'homme attrape l'harmonica. Le sourire qu'il esquisse avant d'égrener les premières notes vaut toutes les récompenses. J'ai retrouvé un peu d'aisance. Je me sens heureux. Les choses sont dans le bon sens. Chacun à sa place.

Ainsi va la vie.

Tout d'un coup, la musique devient superbe, passionnée, rugueuse. L'inconnu enchaîne un rock qui m'arrache des larmes. Il cachait bien son jeu. Ou alors, les prémisses de cette agitation incontrôlable avaient perturbé la justesse des notes. C'est magnifique. J'identifie dans ce morceau le mythique Smoke on the water, de Deep Purple. Qui m'a accompagné durant toute ma jeunesse. Il le joue à sa façon. Je commence à comprendre.

Une joggeuse s'arrête, enlève ses écouteurs et s'accroupit à côté de moi. Ils sont familiers et la femme lui fait un léger hochement de tête complice. L'homme enchaîne un deuxième morceau, de la même veine, en plus rapide. La première émotion passée, je m'habitue à son extraordinaire aisance. Je reconnais du John Lee Hooker. Nous sommes tous les quatre en communion. La coureuse, encore essoufflée par l'effort, se balance sur ses jambes, en rythme avec la musique. Elle m'a pris la main. Innocemment. Juste pour m'encourager à faire pareil.

La compagne du musicien a fredonné pour l'accompagner, avec ces mimiques qui pourraient paraître risibles si elles n'étaient pas en parfaite symbiose avec les notes qui s'envolent. Elle n'a plus que quelques cheveux épars, minces filasses s'échappant d'un bonnet vert cru, en laine tricotée en grosses mailles. Il contraste avec cette robe fleurie, défraîchie, qui lui couvre le corps jusqu'aux chaussures. Elle a passé par-dessus une veste en toile militaire. Elle est en mauvais état, trouée à de nombreux endroits. Quant à l'homme, j'adore sa casquette de vieux loup de mer, vissée sur un crâne déformé par les larges cicatrices qui veinent d'un rouge agressif la pâleur du reste. Quand il joue, il n'est plus avec nous. Il a les yeux fermés. Les mains, parfaitement unies, parcourent l'instrument avec souplesse. Le fauteuil s'agite en cadence. Je commence à les aimer. J'ai tellement envie d'en savoir plus après ce concert improvisé.

Que vont-ils me confier ? Si toutefois ils acceptent.

C'est fini. Ce moment exceptionnel est déjà fini. La jeune femme a repris son entraînement. Elle est loin. Agitant la main bien haut, le pouce levé. Elle reviendra demain. C'est certain. Elle a déposé un baiser sur chacun des fronts, sans aucune appréhension, le mien y compris. C'est peut-être l'habitude. Et l'affection sûrement.

— Et moi, dois-je faire la même chose ?

Je me raisonne. Ce n'est pas nécessaire dans l'immédiat.

Je les invite à partager un petit-déjeuner sur la terrasse maintenant inondée d'un beau soleil qui va nous réchauffer. L'immobilité précédente m'a ankylosé. Je dois bouger. Eux ont l'habitude d'être ainsi. Pas moi.

Ils acceptent volontiers. Remonter la pente est une formalité, s'installer pour profiter de la vue est plus laborieux. Je retrouve ma serveuse, pas très accorte. Cela complique son service. Le bar-restaurant a été refait récemment, mais l'accès pour les fauteuils roulants de mes invités reste problématique. Finalement, elle est de bonne composition. J'ai exagéré ma première impression. Il faut que je fasse attention à ces jugements à l'emporte-pièce qui déforment parfois la réalité. Elle nous aide et empoigne avec une fermeté que je ne soupçonnais pas le premier véhicule, celui de l'homme. Elle l'installe au meilleur endroit, slalomant habilement entre les tables et les chaises maigrement occupées. Il s'en régale. Cela fait plaisir à voir. J'ose espérer que malgré les souvenirs douloureux, les séquelles qui ont abîmé à tout jamais ce corps, il est heureux. Au moins dans l'instant. La femme suit le même chemin et je m'immisce entre les deux. Je partage un regard complice avec la serveuse. Je la vois d'un autre œil. Elle me paraît désormais charmante.

Ainsi va la vie.

Nous n'avons pas encore échangé le moindre mot. Les gestes ont suffi. Dans ces situations, ils sont représentatifs de ce que nous éprouvons dans l'immédiat. J'entreprends le dialogue.

— Qu'est-ce qui vous ferait plaisir ?

L'homme ne me répond pas directement, il accompagne quelques mouvements incertains d'un murmure à l'intention de la femme. Elle seule peut comprendre. Je ne m'y hasarde pas. Elle sera mon interprète.

La serveuse revient et me tend mon sac.

— Ah zut, ma dédicace…

Je me rends brusquement compte que je l'ai complètement oubliée. Celle que je vais faire dans quelques instants pour mes deux invités vaut bien toutes les autres… La barmaid prend la commande et nous indique qu'elle n'a pas de viennoiseries, mais qu'elle va s'en occuper auprès de la boulangerie du centre. Décidément, elle est irréprochable. La femme prend la parole. Presque solennelle. J'arrive désormais à comprendre ce qu'elle veut me dire. Même si tout n'est pas parfait. Elle répète les mots, plus lentement, les articule soigneusement et les appuie de gestes représentatifs.

— Mon mari s'appelle Édouard. Mais il préfère Jehro, son nom de scène d'avant. Bien avant…

Je me tourne vers lui.

— Je suis ravi de vous rencontrer Jehro. Vous m'avez bluffé, ébloui.

Ses mimiques m'indiquent qu'il est flatté. Je continue, échafaudant une hypothèse qui me vient spontanément à l'esprit. Elle est pour moi d'une telle évidence que j'en deviens affirmatif.

— J'ai compris. Vous êtes musicien bien évidemment. Et votre femme est chanteuse. Vous étiez présents au concert de Franck Zappa en 1971 au Casino de Montreux quand la bâtisse a pris feu… Vous en avez tous les deux conservé des séquelles irréparables… Et vous avez érigé Smoke on the water (ce fabuleux morceau écrit par Roger Glover, le bassiste de Deep Purple, en hommage à cette catastrophe) comme un hymne à votre douleur...

Mes interlocuteurs sont interloqués. La surprise se mélange à la satisfaction sur leurs visages tordus par le destin. Mes supputations ont fait mouche du premier coup. Elles doivent donc refléter la vérité. J'en retire une intense fierté. Les tremblements reprennent alors tout d'un coup. Violents, imprévisibles, ils torturent l'individu. Il est très agité. Je crains pour son équilibre. Sa femme dépose une pilule blanche dans le creux de ma main, m'indiquant qu'il faut la lui faire avaler le plus rapidement possible, en enfonçant mes doigts profondément dans sa gorge. Il ne peut pas y arriver tout seul. J'appréhende. Il bave beaucoup et se secoue de part et d'autre...

Je prends mon courage à deux mains. Avec la première, je force l'entrée pour l'aider à ingérer le remède en le poussant au plus loin. Avec la deuxième, j'immobilise comme je le peux le visage qui ballotte de gauche à droite comme cette bouée que j'aperçois au loin, essayant de détourner mon regard de la douleur qui martyrise mon nouvel ami. Le contact avec cette peau sèche m'est désagréable. J'ai peur de la transpercer et de rentrer en contact avec la chair à nu. Je continue mon effort. Il faut tenir. Bien au-delà de mes appréhensions, et de mes révulsions. Il en vaut le coup, mon harmoniciste. Je retire mes doigts de sa bouche au bon moment. Quelques secondes de plus et ils restaient prisonniers. Les terribles convulsions m'auraient empêché de les récupérer. La femme me tape généreusement sur l'épaule en signe de remerciement.

— Well done, me félicite-t-elle sincèrement dans un anglais approximatif.

— Bienvenue chez Jehro, ajoute-t-elle, hilare.

Celui-ci s'est immédiatement calmé. Il met sa main sur son cœur dans ma direction.

Ainsi va la vie.

J'ai fait un truc incroyable aujourd'hui. C'est une bonne journée. Je ne pense même pas à m'essuyer la main. C'est une tellement belle preuve de ma bravoure. Si je raconte mon aventure tout à l'heure à la dédicace, personne ne me croira. On me taxera d'affabulateur. Alors, je vais garder tout cela pour moi et me repasser en boucle Smoke on the water...

TEMPÊTE AMOUREUSE

« L'arme des humiliés : la vengeance. »
Alice Brunel-Roche

— Je suis le maître du monde... Le maître du monde...

Philibert, nu, parfaitement campé sur ses deux jambes, le sexe érigé comme une preuve réconfortante de son autorité, écartait les bras au maximum pour mieux embrasser l'horizon. Il était face à l'immense baie qui ouvrait sur ce panorama dont jamais il ne se lasserait. La mer, indomptable, avec laquelle il voulait rivaliser en ce petit matin.

— Je suis le maître du monde... Le maître du monde...

Ceci le rassurait. Penser qu'enfin il dominait quelque chose. Le monde... C'était probablement beaucoup pour ce début d'adulte bête et cruel.

Ce qui n'était qu'une stupide incantation devint progressivement un véritable cri de guerre. Il résonna dans le vaste volume de la maison moderne et ricocha sur les murs de la chambre du haut où Kelly tressaillit, réveillée en sursaut.

— Tais-toi, imbécile, et viens te recoucher, grogna-t-elle en espérant qu'il l'entende.

Le visage aussi défait que son chignon, encore dans les vapes d'un sommeil agité et trop court, elle repensa à la soirée tandis que Philibert continuait de pontifier devant son anatomie. Mais qu'est-ce qu'il lui avait pris de passer la nuit avec ce gringalet? Comment en était-elle arrivée là, dans ce lit, avec lui? Avec cet idiot qui l'avait déconsidérée, enchaînant sans aucune retenue les réflexions graveleuses et vexantes à propos de son physique. Et si, malgré tout, il avait accompli une très grande performance, elle en serait sortie moins frustrée, moins abattue. Mais ça n'avait vraiment pas été le cas.

Ce qu'elle aimait, c'était que l'on prenne son temps, que la montée progressive du désir l'emporte sur tout le reste. Y compris les habitudes. Surtout les habitudes... Et que la tendresse en soit le fil conducteur. Et là, cela avait été carrément l'inverse. Seul Philibert y avait pris quelques secondes de plaisir. Il avait fini dans un mauvais râle qui l'avait faite sourire pendant qu'elle regardait, frustrée, les reflets animés des étoiles que renvoyait la mer sur le plafond immaculé. Complaisante, elle lui avait pardonné sur le coup, se persuadant qu'elle avait fait une bonne action en se livrant à ce gamin de trente ans au moins son cadet. Elle avait espéré un peu de considération de sa part ou une deuxième tentative. Les deux ne s'étaient jamais présentées.

La soirée avait mal démarré, puisque dès qu'ils étaient arrivés dans cet immense bloc de béton en bordure de mer, Philibert, bêtement, avait avoué qu'il n'était pas, contrairement à ses dires, le propriétaire des lieux. Mais que ceux-ci appartenaient à la famille de son meilleur ami et qu'ils devraient dégager le matin venu.

Elle s'était trompée sur toute la ligne. Cela lui arrivait souvent lorsqu'elle se laissait aller à ces conquêtes faciles, les soirs où elle n'était pas bien, où la mélancolie revenait avec son cortège d'angoisses et de larmes chaudes comme du sang.

Dans ces moments-là, il suffisait de pas grand-chose pour qu'une conversation banale avec un inconnu banal la sorte artificiellement de son découragement et lui permette d'espérer quelques instants d'évasion.

Pour oublier les blessures. Celles de cet accident de voiture où elle avait failli perdre la vie. Cette cicatrice sur le bas du ventre qui dessinait des zébrures disgracieuses comme des vergetures. Et celle qui courait comme un mauvais serpent tout autour de son bras lui injectant son venin de douleurs dès que l'humidité gagnait l'atmosphère en même temps que la gaine de ses artères.

Tout était allé de mal en pis, comme un implacable et dramatique alignement de dominos qui s'écroulent les uns après les autres en s'entraînant mutuellement. Elle avait été licenciée de son emploi de serveuse depuis longtemps et les indemnités chômage ne rentraient plus. Son mari, agacé par son immobilisme, n'avait plus supporté sa présence. Le divorce consommé, leur fille avait autant souffert de cette séparation que des affres d'une adolescence perturbée. La garde alternée n'avait rien arrangé. Elle avait éloigné les deux femmes. Sa fille, devenue femme, avait rompu les ponts.

Elle noyait sa solitude dans l'alcool, comme un dernier rempart au désespoir. Enchaînant les jobs précaires, elle survivait, se faisant payer au noir, avec un minimum de couverture sociale. La cinquantaine l'avait sévèrement blanchie et elle portait sous les yeux les stigmates de ces soirées arrosées. Persuadée qu'elle ne rencontrerait jamais un pareil amour que celui qui avait illuminé ses vingt ans et lui avait offert sa fille, elle devait maintenant faire avec. Ou plutôt sans.

Un jour, elle se rebellerait. Elle le savait. Elle en était sûre. Ceci grondait en elle les lendemains de déprime. Finalement, elle avait de beaux restes, comme lui avouaient inélégamment ceux chez qui elle trouvait encore un peu de tendresse lors des premières étreintes.

De passage dans le village, elle avait longé la plage lentement, aspirant à pleins poumons cet air qui lui manquait au quotidien. Elle s'était ensuite naturellement dirigée vers le seul bar ouvert à cette époque. Affalée sur le tabouret le plus en retrait, elle avait la tête baissée, rentrée dans les épaules comme si elle avait honte. Elle terminait sa quatrième bière blanche, celle qui lui procurait cette ivresse passagère qui la rendrait plus légère, plus insouciante, lorsqu'un rire tonitruant l'avait sortie de sa torpeur. Tellement peu discret, mais tellement communicatif qu'elle avait levé le nez et cherché à savoir qui en était l'auteur.

Ce premier contact avec Philibert lui avait plu. Certes, il avait l'air bien jeune, mais son regard doux, moqueur et son allure d'adolescent dégingandé l'avaient interpellée. Il était accompagné de deux copains du même âge qui la dévisageaient impudiquement. Ils pouffaient des bonnes blagues que leur ami devait faire sur son compte.

Puis, tout s'était enchaîné. Comme d'habitude. De bière en bière, d'alcool en alcool, Kelly avait fini par les suivre tous les trois sur la plage. Elle s'était offusquée, peut-être plus pour la forme que sur le fond, de leur invitation à faire d'une pierre trois coups comme le moins futé l'avait proposé. Puis elle avait refusé les sexes des deux premiers garçons brutalement exhibés au froid qui les glaçaient, les rendant ridicules. Elle s'en était esclaffée. Vexés, les jeunes hommes s'étaient enfuis en lui adressant leur meilleur florilège d'insultes.

Elle avait alors suivi Philibert, qui avait joué adroitement le Saint-Bernard, argumentant de plus sur sa splendide maison d'où l'on distinguait les îles Chausey.

— Un panorama unique dont tu seras une des rares privilégiées à profiter, lui avait-il assuré.

— En tout bien tout honneur, lui avait-il assuré.

— Notre différence d'âge est un obstacle à toute relation, lui avait-il assuré.

Sur le premier point, au moins, il n'avait pas menti. La vue était magnifique. Rare. La discussion avait bien évidemment pris une autre tournure quand il avait, abruptement, signifié qu'il fallait passer aux choses sérieuses et qu'elle était là pour ça. Elle s'était laissé faire.

Elle qui aimait les amants bien en chair, qui adorait malaxer des fessiers rebondis, qui prenait son temps pour caresser des ventres dont les propriétaires ne s'occupaient guère, elle avait eu une bien pauvre pitance. Il n'y avait pas grand-chose à se mettre sous les dents, sous les mains. Maigre comme un hareng saur, sec comme un coup de trique, elle s'était amusée à trouver la bonne expression lorsqu'il avait surgi entièrement nu, fier de lui. Il avait passé près d'un quart d'heure dans la salle de bains à préparer un repas qui ne serait visiblement pas de gala.

Le plus impressionnant dans cette apparition conquérante avait été le foisonnement excessif dans lequel se cachait, timide et bien rangé, l'objet de ce qui était normalement celui du désir. Il avait toutefois réagi dans le bon sens, quand, encore grisée, elle avait sans aucune gêne retiré d'un seul coup sa robe légère, puis, dans un mouvement mal assuré, son soutien-gorge et sa culotte. Elle les avait envoyés voltiger dans la pièce, en prémisse à un jeu amoureux qu'elle espérait à la hauteur.

Une silhouette parfaite, une courbure des reins impeccable et une poitrine généreuse avaient provoqué l'effet escompté. Philibert avait immédiatement positionné son appendice dans les mains exercées de Kelly. Quelques allers-retours avaient consommé rapidement la vigueur du jeune homme.

Les mouchoirs en papier inélégamment jetés par-dessus l'épaule de Kelly pour effacer les traces de sa jouissance accélérée avaient clos la représentation. Après quelques réflexions lourdaudes qui avaient profondément choqué Kelly, il s'était assoupi dans la seconde, sans aucune considération pour sa bienfaitrice qui, déçue, désappointée, avait même renoncé à se satisfaire elle-même. Encore légèrement ivre, la lassitude l'avait emporté.

Elle s'attarda un instant sur le corps nu abandonné à côté d'elle. Qu'allait-elle en faire ?

Puis elle s'endormit.

Ayant fini son exhibition devant la mer qui enflait, Philibert mit en marche la bouilloire. Il attrapa son téléphone portable. Il fallait absolument raconter à ses amis sa performance nocturne en leur détaillant, comme promis, l'intimité de sa sublime conquête. Comme d'habitude, il en rajouterait pour les rendre aussi admiratifs que jaloux.

Il composa le numéro de Jacques, le fils du propriétaire des lieux. Le vent s'était brusquement levé et tapait violemment la grande baie. Le souffle puissant s'engouffrait dans le moindre interstice et jouait une musique lancinante accompagnée de gémissements suraigus. Une rafale plus forte fit courber la vitre d'une manière inquiétante. Il s'en écarta prudemment. La mer se gonflait des gros rouleaux qui s'écrasaient sur les premiers rochers.

— Le spectacle a beau être magnifique, j'ai trop la trouille. Ça cogne sévère, et je n'ai pas trop envie de finir à la baille.

Tremblant, il essayait vainement de se rassurer.

— Je vais dégager au plus vite. Je ne sais pas si la meuf est encore endormie, mais va falloir qu'elle s'active et qu'elle parte. Un thé, une douche et je rentre à la maison.

Comme pour mieux confirmer ses craintes, une immense gerbe d'eau s'écrasa contre la baie. Philibert hurla. Finie son arrogance habituelle. Les premières lueurs du jour se perdaient dans les nuages plombés qui rasaient la mer, ajoutant une vision de fin du monde. Son ami décrocha.

— Alors, comment ça s'est passé? ânonna Jacques, visiblement surpris en plein sommeil.

— Trop bonne, elle est trop bonne. Ça a duré toute la nuit. Bien sûr, elle a des heures de vol et ce n'est pas tout d'une bonne tenue, mais j'ai assuré, tu ne peux pas savoir. On a dû l'entendre hurler jusqu'au marais…

— Tu te rappelles ce dont on a convenu? insista Jacques, pas très convaincu de la performance de son ami.

— Oui, évidemment. Quand tu me files ta maison pour faire mon affaire, je t'envoie les photos et je rançonne discrètement. J'ai d'ailleurs récupéré un peu de liquide ce soir. Pas terrible, mais c'est déjà ça.

Une deuxième gerbe d'eau frappa violemment l'immense vitre en même temps que le lourd vase fracassait le crâne de Philibert. Le jeune homme s'écroula dans un sifflement qui accompagna celui de la bouilloire arrivée à bonne température.

— La vieille te salue bien, petit connard!

Kelly retint le précieux objet in extremis, le posa avec délicatesse sur l'îlot central qui trônait au milieu de la cuisine ouverte. Elle récupéra le téléphone de sa victime qui avait glissé sur quelques mètres. Jacques hurlait de l'autre côté.

— Alors, qu'est-ce tu fous Philibert ? Tu devais m'envoyer des photos de la nana à poil...

Le vent se faisait de plus en plus violent.

Kelly raccrocha sans répondre puis se dirigea vers la bouilloire. Pendant qu'un thé aux subtils effluves d'orange et de cannelle infusait paresseusement, elle appuya sur l'icône du téléphone qui représentait un album photo. Elle y figurait en bonne place. Sur une trentaine de photos au moins. Elle y était nue, s'étalant généreusement. Impudiques, les positions qu'elle y tenait laissaient entrevoir tous les détails d'une anatomie qui conjuguait à la fois la lassitude d'un corps à l'abandon et la douceur d'une peau que l'on aurait caressée volontiers éternellement.

Elle parcourut le reste, remontant lentement les mois et les années. En fureur, elle découvrit toute une collection de femmes, capturées, nues, à leur insu, dans des postures que le photographe, Philibert probablement, avait voulues des plus intimes et démonstratives. Parfois, la présence de sexes masculins ajoutait à ces scènes beaucoup d'obscénité.

Kelly dégusta à petite gorgée la boisson chaude, comme pour se gargariser d'un mauvais goût tenace. Elle ne décolérait pas, à l'unisson de la tempête qui enflait. Dégoûtée, elle contempla avec un sourire vengeur le jeune homme étalé à ses pieds. De là où elle était, il paraissait encore plus squelettique, offrant une vue panoramique sur des fesses creusées à l'extrême. Elle remonta à toute vitesse dans la chambre du haut, se saisit de son portable, prit quelques photos des lieux, puis de la vue incroyable devant elle, regrettant que toute cette histoire dût se terminer de la sorte. De nouveau en bas, elle se délecta en tirant sous tous les angles le portrait du derrière qui décorait le carrelage brillant. Philibert était encore inconscient. Une légère trace de sang dessinait comme une sorte de forme oblongue, indécente elle aussi.

Elle réussit à retourner le corps et enchaîna avec le sexe de sa victime, le mettant en scène d'une manière parfois ridicule, parfois offensante, toujours indigeste. Satisfaite, elle décida d'en rester là. Il allait payer pour tous les autres.

Le vent grondait encore et les embruns, déposés sur les vitres collantes, obscurcissaient la grande pièce. Les armatures grinçaient. Un filin d'acier, qui retenait la voile couvrant la terrasse, cassa brusquement et vint heurter la façade dans une stridence terrifiante. L'impact sur le carreau fit trembler l'édifice tout entier et une longue fêlure zébra la baie de haut en bas, comme un éclair reliant ciel et terre. Kelly sursauta, fascinée par cette nature indomptable à laquelle elle aurait bien voulu ressembler. Il était temps de rassembler ses affaires et de déguerpir.

Prise d'un doute, elle ralluma l'appareil de Philibert. Plusieurs échanges y figuraient. Elle reconnut immédiatement les portraits des destinataires, les deux jeunes acolytes de la veille. Elle déroula le fil des conversations. Elle y était bien évidemment la vedette, exposée sans retenue, offrant à la vue des jeunes hommes ce qu'elle leur avait précédemment refusé. Les commentaires étaient ceux de trois gamins se gargarisant de la nudité et des talents de la victime. Kelly était hors d'elle. Furieuse, blessée au plus profond, elle s'empara de nouveau du vase et le tendit au-dessus de l'adolescent, prête à lui faire avaler à tout jamais toute la rancœur et la colère qui l'animaient.

Une bourrasque emporta l'immense vitre qui s'écroula sur elle-même, ratatinée en bas de son armature. Le vent s'engouffra dans la mezzanine, créant un magnifique appel d'air. Les objets tombaient de leurs étagères les uns après les autres, se brisant dans des bruits couverts par ceux des éléments. Si ce n'était pas l'apocalypse, on n'en était pas loin. Une vague encore plus imposante déposa des litres d'eau glacée et de mousse dans la pièce.

Hésitante devant ce qui lui restait à accomplir, elle se réfugia dans la chambre du haut, récupéra ses affaires, jeta avec dégoût un dernier coup d'œil aux mouchoirs en papier, mit soigneusement le téléphone de Philibert dans son sac. Après quelques minutes, comme pour lui laisser un peu de répit, la tempête se calma. Le vent continua mollement de tourbillonner dans la pièce dévastée, la mer devint raisonnable en tapant modérément la digue.

Kelly se réveilla, la tête lui tournait. Il était cinq heures de l'après-midi. Elle avait tangué pendant toute sa sieste, bousculée par des vagues successives d'ivresse. Ne trouvant pas le sommeil après cette pénible aventure, elle avait bu pour se calmer et retrouver un peu de sérénité. C'est dans les brumes alcoolisées qu'elle regagnait paradoxalement un peu de lucidité. Cet après-midi, elle se l'était promis, c'était la dernière fois qu'elle se saoulait. La bouteille de vodka avait fini dans la poubelle, à moitié pleine. Ses bras lui faisaient mal. Son corps lui faisait mal. Sa tête lui faisait mal. Mais elle avait franchi un pas, comme une libération. La violence du petit matin l'avait soulagée.

Bouger le corps avait été un véritable exploit. Malgré le faible poids de Philibert, la mise en scène lui avait beaucoup coûté. Le museler, le saucissonner, l'envelopper dans cette housse imperméable, le hisser dans la voiture, le transporter jusqu'à l'endroit choisi et attendre… Tout cela l'avait épuisée.

Le téléphone du jeune garçon n'avait pas arrêté de sonner et de biper sous l'afflux des messages. Elle s'était délectée de l'inquiétude de ses amis et avait répondu à sa place, indiquant qu'il s'était enfui avec elle pour une belle virée. Elle y avait ajouté quelques succulentes photos. Elle avait précisé, avec les mots et le vocabulaire de sa victime, qu'il était inutile de s'alarmer, qu'il serait présent lundi matin pour la rentrée, comme d'habitude, et qu'il leur conterait en détail toutes les aventures du week-end.

Lorsque les premiers élèves arrivèrent au collège, la tempête avait nettoyé l'atmosphère et un beau soleil brut les accueillit. La salle, où se regroupait pour le premier cours du lundi la classe de Philibert, avait été décorée de curieuse manière. Une multitude de photos le représentant dans le plus simple appareil recouvrait le tableau utilisé par l'enseignant. La nouvelle fit le tour de l'établissement en quelques minutes. La stupéfaction et les quolibets passés, les cours purent enfin démarrer. Dans la salle, d'étranges coups martelés de l'intérieur de l'armoire à fournitures troublèrent les premiers exercices.

Jacques, inquiet de l'absence de son ami, le découvrit le premier, solidement ficelé, à l'intérieur du grand casier, la bouche recouverte d'un large sparadrap. Ses mains liées dans le dos l'empêchaient de dissimuler une anatomie dont se délectèrent, moqueuses, les jeunes filles de la classe.

Le père de Jacques fut aussi dévasté que le salon de sa maison. La destruction de sa collection de vases rares et l'absence de la pièce principale dédicacée par l'artiste lui-même le chagrinèrent particulièrement. Pendant l'enquête de l'assurance, il passa sous silence la disparition d'une grosse somme d'argent liquide cachée sous le matelas de la chambre d'en haut. Il était inutile qu'il en rende des comptes.

PÉRIPLE EN COLOMBIE

« D'être hanté par mes vieilles obsessions, cela
me rassure. Mieux vaut un cauchemar apprivoisé
que la blessure à vif d'un souvenir récent. »
Daniel Sernine

Lewis balançait les jambes en rythme avec le
flux de la marée qui envahissait le havre. Elle serait
forte aujourd'hui encore. Un peu plus qu'hier,
presque 110. Elle recouvrirait le parking, puis les
prés pour y laisser les traces de sel qui parfumeraient
délicatement la chair des agneaux qui y paissaient
tranquillement. Ils ne se doutaient pas qu'ils
finiraient rôtis à Pâques, succulents, car
soigneusement assaisonnés par la mer.

Il pensait à tout autre chose. Les couleurs du
panorama qui s'offrait à sa vue étaient incroyables.
C'était comme si cette fin d'hiver avait fait le hold-
up de la totalité de la palette que pouvait proposer la
nature. La lande s'enorgueillissait de reflets mauves
que complétait à merveille le jaune paille érigé de
quelques herbes asséchées. Des verts variés et
goûteux y parsemaient des taches, rompant la
monotonie du paysage qui s'étendait des dunes aux
champs gris foncé. Plantés de carottes et de poireaux,
ils les égayaient de leurs éclats de jeunes pousses.

La journée avait été anormalement chaude et il n'était pas très à l'aise avec ces premières chaleurs. Le bout de ses baskets usées jusqu'à la corde effleuraient l'eau à chaque passage. Les gouttelettes ramenées par les mouvements de ses pieds lui remontaient au visage et le rafraîchissaient. Il adorait cette sensation humide, un peu collante, qui faisait plaquer ses longs cheveux d'ordinaire en bataille sur ses joues creusées. Le goût salé lorsqu'il passait la langue sur le rebord des lèvres le ravissait.

L'horizon se couvrait du côté de Granville, au sud, et il apercevait de grands nuages sombres aussi pesants que son attente. Déjà deux heures qu'il patientait.

Quelques zébrures marquées annoncèrent au lointain l'orage qui accompagnerait la montée des eaux. Il n'était pas très rassuré de se savoir ainsi dehors, à la merci des éclairs. Il avait en horreur ces soirées oppressantes, plombées comme son moral. L'atmosphère étouffante qui précédait le déchaînement des éléments le mettait profondément mal à l'aise. Et quand le feu d'artifice se proposerait sur la lande, il se cacherait dans sa capuche, se boucherait les oreilles et supplierait le gros temps d'aller tonner ailleurs…

Le vent se leva, annonciateur des averses. Les volutes anthracite s'agitaient et se bousculaient. Lewis connaissait bien la région. Il pourrait rester une demi-heure, tout au plus trois quarts d'heure, avant que l'orage ne pointe le bout de sa violence sur Le Havre et la plage, au-dessus de sa tête. Et si, une nouvelle fois, elle ne venait pas ?

Il regarda en direction du pin courbé, symbole de ce lieu qu'il adorait. Depuis toujours, il était admiratif de sa résistance séculaire. Si seulement, au même âge, il pouvait être aussi vaillant, aussi coriace ! Lui que sa fragilité psychologique rendait si vulnérable. Combien de ces souffles puissants venus du nord avaient voulu avoir raison de ce pin décharné ? Des milliers probablement. Et il était debout, avec sa silhouette de Don Quichotte efflanqué, courbé sous les vents mauvais. Alors que lui, la moindre contrariété le faisait sombrer. Serait-ce encore le cas aujourd'hui ?

La longue passerelle de bois qui s'avançait dans le havre recommençait à grincer sous la poussée des flots. Elle était de plus en plus branlante, mal assurée sur ses pieux usés par le ressac. Les planches étaient imparfaitement jointes et, à travers les larges interstices, on pouvait voir des tourbillons semblables à des yeux dans un bouillon trop gras. Décidément, cette nature était bien hostile. Il se leva les jambes engourdies par l'absence de mouvement. Il y avait déjà bien longtemps qu'il était assis au bout de ce débarcadère, et le sang ne circulait presque plus dans ses veines. Les fourmis les envahissaient, piquantes comme des milliers d'épingles. Il s'ébroua, vigoureusement, comme pour les faire sortir par les extrémités.

Il faisait nuit en plein jour. Ou presque. Au loin, un éclair déchira sans pitié le ciel sombre. Un cortège de basses assourdissantes prolongèrent l'agonie des fulgurances lumineuses, faisant raisonner les dunes transpercées de centaines de terriers comme autant de caisses de résonance. Et l'orage arriva, aussi brusquement, aussi brutalement que la dernière fois, cette fois où Lewis était tétanisé au beau milieu d'un champ, incapable de bouger, trempé jusqu'aux os.

Il se dirigea vers l'arbre. Un arc électrique aveuglant s'abattit sur le plus haut du pin et des craquements sinistres parcoururent le bois. Sa plus grosse branche se fissura sur toute sa longueur. Le jeune homme était livide. Médusé par la violence et le bruit assourdissant. À quelques secondes près, il aurait pu terminer en torche humaine. Quelques mètres de plus et il ne l'aurait jamais revue. Elle qu'il attendait depuis si longtemps. Elle qui lui avait déjà tellement refusé. Elle qui lui devait bien au moins cela.

Juste quelques heures. Pour compenser les absences. Pour revivre le début, quand tout allait bien.

Pour l'instant, toutes les tentatives avaient été vaines. De promesse bafouée en promesse transgressée, de rendez-vous annulé en rendez-vous manqué, tous ses mensonges l'avaient profondément miné. Comme tous les abandons, celui-ci était trop injuste. Il lui était tellement important de la revoir. Aujourd'hui serait le bon jour. Elle l'avait promis, avec cet aplomb dont elle ne se départait jamais. Elle lui avait même juré. Sur sa tête à lui ! Mais était-ce raisonnable d'y croire encore, dans ce coin reculé où les éléments se déchaînaient comme pour mieux en interdire l'accès ?

Le ciel continuait de déverser d'impressionnantes quantités d'eau glacée qui ravinaient presque avec plaisir les dunes voisines. Lewis était trempé. Il frissonnait. Inquiet. Désormais, c'était certain, elle ne viendrait pas. Comme elle allait lui manquer !

Les environs étaient déserts. Les derniers touristes s'étaient enfuis quelques minutes auparavant, s'extrayant au bon moment du parking inondé. Il avait hésité à leur demander de le ramener en ville, car il était à pied. Une mince lueur d'espoir l'avait convaincu de patienter encore un peu. Encore un peu… Toujours encore un peu…

Les feux rouges tremblotants des voitures s'éloignaient, laissant derrière eux comme des traces de sang, éphémères et irrégulières, des traces de blessures qui étaient comme les siennes. Il décida d'avancer. Plus loin, la lumière crue du phare de la Pointe perçait péniblement l'obscurité. Elle tournait autour d'elle-même, danseuse imperturbable, semblant ignorer que tout se bousculait alentour. Comment pouvait-elle guider les quelques rares embarcations qui avaient osé s'aventurer au large par un tel gros temps ? Comment pouvait-on la distinguer, si pâle parmi le feu d'artifice des éclairs sur la mer ? Lewis se demanda pourquoi il pensait à cela quand un nouvel éclair s'abattit à quelques mètres du jeune homme, suivi immédiatement par un effroyable coup de tonnerre qui ébranla le sol dans des soubresauts terrifiants.

Il crut un instant que la terre allait s'ouvrir sous ses pieds. Un énorme lapin sortit en panique d'un de ces innombrables conduits qui transperçaient la dune. Aussitôt à la surface, la pluie cinglante le dissuada d'y rester. Il s'enfourna de nouveau dans son repaire, adressant au passage un regard plein de commisération à ce pauvre humain qui n'avait pas la possibilité de se mettre ainsi à l'abri. L'irruption incongrue de l'animal fit sourire Lewis qui décida de rentrer chez lui, trop angoissé à l'idée d'avoir à patienter dehors par ce temps pourri.

Il parvint en bas de l'amer et s'appuya sur le mur de la construction, cherchant à s'abriter sous la gouttière. Le vent avait changé de sens et la pluie, qui lui avait cinglé le visage dans sa remontée, lui arrivait désormais de dos. Une bien maigre consolation.

Son téléphone portable sonna. Les mains engourdies par le froid, il tenta de l'arracher de sa poche trempée. La sonnerie lancinante et provocatrice se tut avant qu'il ne pût décrocher. Furieux, le deuxième essai pour s'en emparer resta vain. Le troisième fut le bon. L'écran indiquait un appel en absence, en provenance d'un numéro masqué. Il n'y avait pas de message. Il essuya consciencieusement l'appareil, craignant que l'humidité ne l'ait endommagé. Et si c'était elle ? Frustré de ne pas avoir pu décrocher préalablement, il se concentra sur la nouvelle sonnerie.

— Allô ?

Le bruit du vent couvrait la conversation.

— Je vous entends très mal, hurla-t-il comme si cela était aussi le cas pour son correspondant.

— C'est tout à fait normal, je n'ai pas encore parlé ! enchaîna une voix féminine guillerette à l'autre bout du fil.

Lewis ne comprit pas tout de suite le message. Il insista.

— Qui appelle ?

— Ben c'est moi mon chéri, nous n'avions pas rendez-vous ?

Le jeune homme hésita. Était-ce vraiment elle ? Tout cela était trop beau, trop imprévu, trop soudain. Il cherchait ses mots. Que lui dire ? La remercier ? Sûrement pas, après toutes ces déceptions, toutes ces promesses non tenues ! Il se reprit, et, la voix peu assurée, rengagea la conversation.

— Je suis à la Pointe. Je t'attends.

— Oui, je me doute. C'est bien là-bas que nous devons nous retrouver. L'orage tape fort ici. Pour toi aussi ?

— Pareil. Mais il s'éloigne de la Pointe pour se diriger vers Coutainville. Tu es où ?

— Je suis à…

— Attends, je regarde. Je suis à Tourville, la vue sur la baie est très impressionnante. Le ciel est tellement noir. Tout est sombre à l'horizon.

— Tu me rejoins ici ? continua-t-il, comme s'il y avait le moindre doute sur le sujet.

— Bien évidemment, mon amour. Je suis là dans un quart d'heure.

Le dos appuyé sur le mur, Lewis glissa lentement, très lentement, comme s'il voulait déguster encore et encore cet appel qui l'embarquait dans une joie indicible. Assis dans l'herbe, il ne ressentait ni la froideur ni l'humidité du sol trempé. Comme prévu, comme espéré, l'orage s'était éloigné. Le soleil, qui s'étalait maintenant sur toute la rive d'en face, illuminait les fours à chaux majestueux qui barraient l'horizon. Ce signe annonciateur de beau temps augurait d'une suite merveilleuse. Un lapin traversa la route, visiblement heureux de l'accalmie, puis stoppa en face de lui. Tous les habitants des dunes se ressemblaient beaucoup, mais il crut reconnaître celui qu'il avait aperçu quelques instants auparavant.

Assis sur son généreux derrière, le mammifère semblait s'adresser à lui.

— Tu vas la revoir, articula-t-il, en sifflant légèrement à cause de ses grandes dents de devant.

— Dans quelques minutes seulement

— Profites-en bien, car il n'y aura pas d'autres occasions avant longtemps. Avant très longtemps…

La fin de la phrase résonna comme une terrible évidence dans la tête de Lewis qui se releva et scruta l'horizon. Une voiture approchait. Les phares allumés avaient une signature particulière, comme celle de ces berlines allemandes dont il raffolait et qu'il ne pourrait probablement jamais s'offrir.

— Je ne comprends pas, qu'est-ce que signifie cette voiture ?

— Ce n'est pas elle quand même ? se demanda-t-il.

Celle-ci avançait dans un silence impressionnant. Lewis s'approcha du bord de la route et la voiture stoppa devant lui. Le lapin s'était enfui depuis longtemps, effrayé par l'arrivée du véhicule. La limousine était magnifique, discrète dans sa livrée noire. Les vitres, fortement teintées, ne permettaient pas de distinguer précisément ce qu'il y avait à l'intérieur. Celle de l'arrière descendit en douceur.

— Alors, on n'embrasse plus sa mère !

Un torrent d'émotions déferla et le fit éclater en larmes. La beauté irréelle de sa mère, dont il avait en partie hérité, le stoppa net dans son élan. Elle n'avait pas vieilli, seule sa chevelure blanche immaculée, coupée très court, pouvait laisser deviner en partie son âge. Le visage était creusé, mais pas trop, et elle avait conservé cet éclat si particulier dans ses yeux vairons. Lewis retrouva immédiatement toute sa jeunesse dans ce regard si doux, toute l'affection dont il avait dû se passer ces dernières années.

— Ne fais pas le gamin, insista-t-elle. Viens te mettre à l'abri et embrasser ta mère.

— Cela fait si longtemps que je n'ai pas eu un tendre bécot de mon petit.

La porte arrière de la grande berline s'ouvrit automatiquement sur un intérieur ouaté. Lewis distingua une vitre qui séparait l'immense compartiment des sièges avant de la voiture où était installé le chauffeur. Il entra et s'assit à côté de cette personne qui lui était à la fois si connue et si inconnue. Cette mère qui l'avait tant ignoré, de promesse en promesse. Malgré les rancœurs et les déceptions, il redevenait le fils qui se tenait enfin devant elle et qui avait tellement envie de tomber dans ses bras. Tout simplement. Et de se laisser aller comme quand il était petit. Retrouver des sentiments naïfs, véritables, profonds. Il se précipita dans les bras protecteurs, si collé à elle qu'elle dut le pousser pour pouvoir respirer. Elle l'embrassa tendrement. Une seule fois. Mais qui dura une éternité. Lewis ne disait rien. Paralysé par l'émotion. Ne sachant pas s'il devait hurler à son indifférence ou lui déclarer qu'il l'aimait toujours autant. Elle l'écarta après ce long moment de tendresse et remonta la couverture épaisse qui recouvrait ses jambes, comme si elle était frigorifiée.

— Je dois t'expliquer des choses, dit-elle alors sur un ton qui se voulait rassurant.

— Ce que je vais te dire, te montrer et te proposer va te surprendre. Même probablement te choquer.

Inquiet, le fils se redressa et se tourna vers sa mère, dont le visage s'était tout à coup aggravé. Elle appuya sur un bouton discret de l'accoudoir et murmura à l'intention d'un micro caché dans le pavillon.

— Miguel, éloignons-nous.

La voiture hybride redémarra en silence, fit demi-tour avec une agilité déconcertante et prit la direction du nord. Elle remonta vers l'embranchement qui menait à la charrière aux moules, tourna sur la gauche et glissa dans un confort incroyable jusqu'au petit parking à deux pas de la plage. Le chauffeur la gara le plus près possible des grandes dunes hérissées d'herbes afin de la dissimuler. Stationnée en marche arrière, elle pouvait s'extraire plus facilement. Lewis ne comprenait pas tous ces stratagèmes. Par contre, il déchiffra rapidement que sa mère n'était pas tout à fait comme il l'avait tant espérée. Sa respiration, en particulier, était hachée, irrégulière, difficile. Elle reprit la parole.

— Commençons par le plus visible, dit-elle d'un filet de voix apaisant.

Elle lui demanda de l'aider à retirer la couverture qu'elle jeta à terre. La terrible vérité sauta alors aux yeux du jeune homme. Sa mère n'avait plus de jambes, sectionnées toutes les deux à mi-cuisses ! Elle semblait posée là, comme un vulgaire objet décoratif auquel on n'accorde que rarement de l'intérêt. Dans le visage décomposé de Lewis, la lueur d'espoir se transforma en une terreur indicible qui le paralysa.

— Mon chéri, je t'en prie. C'est désormais de l'histoire ancienne et je fais très bien avec. Tu dois te calmer et m'écouter, comprendre et en admettre le maximum.

— Tu sais, les douleurs physiques ne sont rien à côté des blessures morales. Je dois te parler de ce qui m'est arrivé. À la fois pour me justifier de mes absences, pour que tu me pardonnes si c'est encore possible et aussi pour te protéger.

— Miguel, ma respiration, murmura-t-elle alors dans son micro.

Un colosse, dont le visage était barré d'une large cicatrice allant du menton au haut de la tête, exhibait autour de son œil gauche un terrifiant tatouage représentant un immense serpent. Il descendit du véhicule et se porta à l'arrière. Il se saisit d'une mallette en peau de crocodile et composa un code sur la serrure. Il en sortit un embout métallisé qu'il tendit à la femme qui l'introduisit dans sa bouche. L'homme, tout de noir vêtu, l'air aussi sévère qu'antipathique, fit quelques manipulations dans la valise, et attendit que la femme inhale le mélange afin de se régénérer. Lewis, pétrifié par ces événements, ne montra aucune réaction. Sa mère aspira à plusieurs reprises le médicament à la senteur bizarre qui s'échappait de l'embout. Après plusieurs bouffées qui libérèrent sa respiration, elle ordonna à l'homme de refermer le système et de regagner sa place. Elle se tourna de nouveau vers son fils.

— Ce n'est pas beau à voir, je sais.

— Tu dois savoir ce qui s'est passé, car tu vas devoir prendre quelques précautions à l'avenir.

L'homme en noir était resté en dehors de la voiture et circulait lentement autour. Comme le phare de la Pointe, son regard balayait toutes les directions. Lewis distinguait sa main portée à la ceinture, enserrant probablement la crosse d'une arme. Sa mère enchaîna sur son histoire.

— Lorsque ton vrai père nous a abandonnés, tu n'avais même pas deux ans. Je l'ai rapidement remplacé, sans que tu puisses te rendre compte que le nouveau n'était pas ton père biologique. Bien sûr, ses origines colombiennes ne t'ont pas échappé quand tu as grandi, mais j'ai su te convaincre que la nature n'était pas toujours d'une rigueur absolue et que tu portais bien nos gènes et un peu plus les miens.

Le regard de Lewis, qui n'avait pas quitté le visage de sa mère parcouru de temps en temps de rictus incontrôlables, se porta au loin, dans le vague, comme pour rattacher des souvenirs aux paroles étranges qu'il entendait. Son malaise était profond. Il lui semblait planer dans un éther sans fin, sans repère apparent, ne sachant pas à quoi se raccrocher. Ignorant encore ce qu'il aurait à subir dans les instants qui allaient venir.

— Ce père, tu t'en es rapidement rendu compte, était toujours absent. Il t'envoyait régulièrement des cadeaux de pays exotiques et t'assurait qu'il reviendrait bientôt te chercher pour que tu l'accompagnes dans ses voyages. Lorsque tu avais dix ans, il disparut complètement et tu ne l'as jamais revu.

— Pour ma part, j'ai continué de le rencontrer en cachette.

— Il est mort depuis plus de huit ans. Il a été tué. Et ce que je vais te dire maintenant doit rester enfoui au plus profond de toi. Il y va de ta vie. Il y va de ma survie. Je peux compter sur toi ?

Lewis fit un léger signe affirmatif de la tête, suspendu à la suite.

— Il a été assassiné par un de ses lieutenants.

— Mon compagnon de toutes ces belles années était en réalité un baron de la drogue en Colombie. Les policiers l'ont retrouvé dans le coffre de sa limousine, découpé en morceaux, un sachet d'héroïne dans la bouche.

— J'avais découvert depuis quelque temps la vérité. Un jour de décembre, dont je me souviendrai toute ma vie, il m'a donné rendez-vous dans la plus belle suite d'un grand hôtel à Paris, m'a confié son histoire et la clef d'une mallette renfermant suffisamment de documents et de preuves pour faire tomber tous les traîtres du cartel s'il lui arrivait malheur.

— C'est à cette époque que je suis devenue plus distante. Pour te protéger.

— J'ai pris la fuite, aidée en cela par quelques fidèles de ton père adoptif. Nous avons éliminé ceux qui avaient manigancé contre lui.

— Je ne suis pas fière de moi, tu sais. Mais la vengeance est sourde à toute logique, à toute morale. Et j'ai été prise dans un terrible engrenage.

— Jusqu'au jour où moi-même j'ai été la victime d'un gang rival, fait de dissidents du premier cartel, dont certains connaissaient l'existence de la mallette et de ce qui pourrait leur en coûter si le contenu était révélé. Ils ont voulu la récupérer.

Lewis avait du mal à respirer. Il suivait avec passion un récit qu'il aurait pu découvrir dans une de ces séries dont il se délectait des nuits entières derrière l'écran de sa tablette. Il perçait petit à petit l'effroyable vérité. Il ne s'y reconnaissait pas. Il ne s'y reconnaissait plus.

— Ils m'ont tendu un piège, ma maison a explosé et j'ai perdu la moitié de mon corps. Mes poumons ont été touchés et sont dans un sale état. J'ai du mal à respirer et les médecins sont pessimistes.

— Avant que n'arrive l'inéluctable, j'ai voulu te revoir. Je te devais la vérité. Quitte à te heurter. Te livrer ces secrets devenus trop lourds à porter seule. Cette mallette, je l'ai encore. Elle est dans le coffre de la voiture. Elle contient de plus un joli pactole. Dix millions de dollars en petites coupures.

— Deux choix s'offrent à toi.

— Premièrement, continuer ce que nous avons entrepris. Là-bas, en Colombie. Et devenir riche, très riche.

— Deuxièmement, renoncer à tout cela, moi y compris. Tu devras changer d'identité. Je t'y aiderai.

— Tu as dix minutes pour choisir !

La femme tremblait tellement en prononçant ces mots qu'il sembla à Lewis qu'une pointe d'attendrissement adoucissait enfin la dureté de tout ce que lui confiait sa mère.

À l'instant même où elle finissait de parler, un choc inouï ébranla la limousine blindée. Le fracas fut tel que Lewis pensa un instant que la foudre de tout à l'heure faisait un funeste retour pour mieux les détruire. Il aperçut à travers la fenêtre teintée le corps du garde se disloquer dans une gerbe rouge qui éclaboussa toute la carrosserie.

Sous les coups de butoir de l'autre véhicule, l'auto fut traînée sur plusieurs mètres jusqu'aux solides poteaux de bois plantés sur la plage pour endiguer la mer. La voiture s'écrasa contre eux, coincée de l'autre côté par le puissant 4x4 qui continuait d'avancer. Lewis aperçut le chauffeur aplati entre le tableau de bord et le volant. Sa mère fut projetée contre la vitre qui isolait le sas arrière comme si elle était en apesanteur. Elle fut déchiquetée par les morceaux du verre qui avait explosé sous la violence du choc. Ce corps, qui n'en était plus vraiment un, s'arrêta définitivement de fonctionner dans un dernier soubresaut. La tête tournée vers son fils, la femme semblait chercher une réponse au choix qu'elle avait proposé quelques instants auparavant. Le jeune homme n'eut même pas le temps de répondre. Il s'effondra sur la banquette, dans un vertige qui l'entraîna dans le néant.

L'eau clapotante trempait les baskets de Lewis. Il se réveilla lorsqu'une voix câline effleura ses oreilles.

— Dis-moi chéri, tu t'es encore endormi sur ta tablette. Un peu plus et vous tombiez tous les deux dans la flotte !

— Tu regardais une nouvelle fois une de tes séries sur les barons de la drogue ?

Le visage magnifique de Jessica trouva celui de son amour dans un tel état d'hébétement qu'elle s'en inquiéta.

— Ça ne va pas ?

— Si si, lui répondit Lewis. J'ai juste un peu rêvé…

— À propos, reprit-elle, je ne t'ai pas demandé hier, mais comment va ta mère ? Je crois que tu l'as revue… ?

LE HOCHEUR MAOÏSTE

« La plupart des voyages débutent de façon
moins tranchée qu'ils ne s'achèvent. »
Peter Fleming

La bouille sympathique de ce personnage en
plastique m'a toujours beaucoup réjoui. Déjà six
années qu'il hoche la tête devant moi. J'ai
l'impression qu'il me regarde, qu'il me sourit, qu'il
y a une âme derrière ce mécanisme rudimentaire. Et
qu'il aimerait probablement communiquer. Du
moins lorsqu'il y a suffisamment de lumière pour
l'alimenter.

Il est d'un joli mélange pastel, reposant, et cela
lui va à merveille. Douce harmonie des tons et des
mouvements cadencés. Entre ses mains atrophiées se
glisse une énorme fleur stylisée. Elle est bien grande
pour lui et en impose avec ses pétales richement
décorés et son orgueilleux pistil décoloré par les
expositions au soleil.

Dès que mon attention se porte sur mon ami
muet, il m'offre sa fraîcheur et sa candeur pour me
souhaiter une bonne journée. Puis, quand la lueur du
jour s'estompe sur l'étagère, son mouvement ralentit
et il s'arrête dans un dernier hoquet un peu brusque.

On dirait qu'il s'endort. Ou qu'il meure. Serein. Enfin. Car il est fatigué de tous ces efforts. Surtout l'été où il est au labeur plus de seize heures pendant le solstice. Et le lendemain, il est de nouveau d'attaque. Comme toujours.

Je me lève et je me précipite alors dans son repaire. J'ai besoin de le voir, espérant que ce coucou sans aiguille veuille bien continuer d'égrainer le temps qui passe avec la régularité d'un métronome inflexible, fier de sa prérogative. J'ai bien essayé de compter combien de fois il agitait son sourire figé pendant une journée entière. Je n'ai pas pu finir. Moi qui me plains de mes torticolis à répétition, je hochais avec lui, torturant mon cou en cadence. Au bout de quelques allers-retours, j'avais déjà très mal. Ce sont probablement des millions de millions qu'il a dû enchaîner. Quelle abnégation !

Il est champion du monde du hochement de tête. J'héberge le champion du monde des hochements de tête.

Il y a de quoi être fier.

Contre l'usure du temps, mon compagnon semble inoxydable, indéboulonnable, inattaquable, inaltérable. Ce bout de plastique pas très bien assemblé, venu directement de Chine, survivra sans doute à plusieurs générations. D'ailleurs, n'a-t-il pas déjà vécu une vie là-bas, avant d'arriver chez moi ?

Dans son pays d'origine, sur le bureau de Mao Tsé-toung, l'accompagnant dans sa révolution, l'encourageant de sa malice figée ? Qui plus est, il lui ressemble. Ils étaient faits pour s'accorder. Il a dû en voir des vertes et des pas mûres et en entendre de terribles secrets politiques ou d'alcôves. L'histoire d'une immense nation se déroulait devant ses yeux clos. Et il remuait, imperturbable, pour approuver des décisions ou en désapprouver d'autres. La révolution culturelle est l'œuvre de mon hocheur !

Il y a de quoi être fier.

Puis, attentif, appliqué, il a probablement aidé à la rédaction du petit livre rouge, encourageant son auteur. En l'accompagnant jusqu'au bout, cette fameuse soirée où le grand timonier s'est écroulé devant sa maîtresse, succombant à un infarctus foudroyant. S'il avait pu pleurer, il l'aurait sûrement fait. Je possède un hocheur marxiste-léniniste.

Il y a de quoi être fier.

Les successeurs du dirigeant l'ont mis au rebut. Ils l'ont expédié dans un carton, direction quelque part dans le monde, point de chute inconnu, serré entre de nombreux semblables bien plus banals que lui. Pour échouer là. Face à moi. Face à mes invités qui défilent devant lui lorsqu'ils viennent à la maison. Eux qui ont le nez en l'air, ou les yeux vissés vers le sol, pas toujours attentifs à sa bonne humeur et à son besoin de considération. Lui adressant de temps en temps un simple et rapide regard de commisération, ou même pire, pas de regard du tout. Il doit être vexé. Je le serais à sa place. Pas un échange. Juste parfois un peu de curiosité. Et encore. Personne ne m'a fait la remarque :

— Dis donc, ton hocheur, il vient de loin. Du maoïsme. Punaise. Tu as fait une belle affaire… !

Pourtant, il y a de quoi être fier.

Je craignais que mon hocheur ne s'ennuie à force de solitude et d'absence de communication. J'avais peur d'une violente crise de neurasthénie, comme il en arrive parfois dans cette confrérie de plastique. J'en avais donc acheté un deuxième. Il m'avait tendu sa fleur, suppliant de ne pas l'abandonner dans ce fond de magasin où tout est presque donné.

Il était de couleur plus sombre, bien moins fini. Sa fleur était moins bien ouvragée et son socle mal ébarbé le rendait plus instable. Il était moins agité. Presque fainéant.

Il prenait tout son temps pour se remuer, commençant sa journée beaucoup plus tard que son collègue d'étagère et s'arrêtant aussi plus tôt. Même pas le minimum syndical requis chez les hocheurs professionnels. Il prétextait que la luminosité était trop faible et il stoppait alors tout net son activité. Je l'ai tancé plusieurs fois. Il faisait la sourde oreille. Une légère tape sur le front ne déclenchait aucun nouveau mouvement tant il n'avait pas envie.

J'avais trouvé pertinent et attentionné de les mettre ensemble, pour éviter qu'ils se morfondent. Ils n'étaient pas face à face, mais côte à côte. Comme deux frères embarqués dans la même aventure et qui doivent s'encourager. Peut-être partageaient-ils d'âpres discussions sur l'actualité du jour ou donnaient-ils leur avis sur mes visiteurs ? J'ai toujours préféré ne pas le connaître, leur avis, pour ne pas être trop déçu. Ou trop indiscret.

Je ne voulais surtout pas les déranger et je les laissais vivre leur vie de marionnette automatisée. Un léger coup de plumeau les soulageait d'une poussière parfois envahissante et un simple aller-retour d'éponge leur servait de toilette. J'avais d'ailleurs remarqué que le côté qui gratte semblait beaucoup leur plaire. Ils s'agitaient de plus belle lorsque je l'utilisais. C'était comme une récompense pour bons services rendus.

Toujours est-il qu'un matin brumeux d'octobre, je rentrai dans la petite pièce, encore mal réveillé. Une lumière pâlotte rayonnait péniblement à travers le carreau rendu opaque par une rosée persistante. Je portai mon regard sur l'étagère pour souhaiter un joyeux bonjour à mes sumos en plastique.

Le plus acariâtre, le plus récent, n'était plus sur son support. Il gisait sur le sol. Le cou brisé. Un vilain ressort retenait toutefois sa tête, qui présentait une large blessure sur le côté. Le reste du corps était hors d'usage. Le mauvais coin de l'étagère avait dû avoir raison de lui. Je ne m'expliquai pas bien cette dégringolade. Mon bonhomme, figé sur son support, n'ayant eu aucune possibilité pour s'échapper lui-même.

Le miaulement matinal de mon chat réclamant sa ration de croquettes me fit alors penser à cette hypothèse qui devint brusquement évidente. C'était Fangio, mon cher animal, le coupable. Il avait jonglé avec mes amis hocheurs de tête. Et balancé le moins intéressant. Peut-être sur l'injonction du premier. Je lui fis une légère réprimande. L'essentiel était sauvegardé. Mon hocheur préféré s'agitait encore convenablement.

Il avait de quoi être fier.

Sur le moment, je me suis posé la question de savoir ce qu'il se passe vraiment dans la tête d'un hocheur ? Surtout s'il est jaloux.

« Ouf, j'ai eu chaud ce matin. Ce fichu animal m'a fait une sacrée frayeur en nous sautant dessus. Pourtant nous nous étions mis d'accord. Il devait seulement pousser à terre mon grincheux de voisin. Ne pas me surprendre de cette manière. C'était prévu pour demain. Aujourd'hui, je voulais faire la grasse matinée. Quand mon propriétaire travaille à la maison, il démarre beaucoup plus tard.

Je le croyais sorti, mon chat, comme tous les jours. Le temps, pas très clément d'après ce que je vois à travers le carreau embué, a dû le dissuader et il a décidé d'anticiper l'opération. Quel flemmard ! Pas très courageux l'animal !

Si j'étais à sa place, j'irais gambader dans les environs, libre comme l'air. Il ne connaît pas sa chance. Je suis jaloux parfois, moi qui ai le plastique ankylosé. »

« Tiens, une séquence nostalgie. Tout cela me rappelle le temps d'avant. »

« Je m'en souviens très bien lorsque je suis arrivé ici, même si de nombreuses années se sont écoulées depuis. J'avais aperçu, à travers un interstice du carton qui m'avait trimballé sur des milliers de kilomètres, une impasse avec une jolie maison aux volets verts et un beau jardin, très fleuri.

J'étais content et je m'étais dit que si un jour le dieu des hocheurs était clément, il donnerait vie à mes petites jambes dodues pour que j'en profite, de ce jardin. Que si je possédais les mêmes pattes que mon ami le chat, je ne passerais pas mon temps à dormir comme lui, ce fainéant d'animal. Moi qui suis figé sur mon socle en plastique depuis ma naissance.

Ah, ma naissance, j'y repense encore. Dans cette lointaine usine de Chine où ces petites mains expertes m'avaient assemblé avec tant de soin. J'aurais bien aimé rester avec elles. Et consoler ces gamins ouvriers d'avoir à travailler si jeunes et si dur. J'aurais hoché de plus belle pour les encourager. »

« Mais revenons à mon matou. Il est passé juste au-dessus de moi, me frôlant avec délicatesse, le regard en coin pour me rassurer que la cible était ailleurs. Il a ensuite balancé un coup de patte terrible à mon voisin, l'envoyant valdinguer par terre. Dans son malheur, celui-ci a quand même échappé au pire, la noyade. »

« Je sais bien qu'il me préfère, l'animal. Il a ressenti la tendresse qui existe entre mon maître, du coup le sien aussi, et moi-même. Au lieu d'être envieux, cela a créé une bonne connivence entre nous trois.

Ce qui n'est pas la même chose avec sa maîtresse, qui m'ignore royalement. Elle ne vient ici que pour le strict nécessaire. Et ne m'adresse jamais la parole. Dommage, j'aurais bien aimé hocher pour elle. Je ne suis pas si moche que ça. Juste un peu d'embonpoint. Et je suis constamment de bonne humeur. Ce qui n'est pas toujours son cas. Et toc ! »

« Finalement, je n'ai pas trop à me plaindre de ma situation. Mon étagère est confortable et je la partage depuis la chute de l'autre imbécile avec cette plante bizarre. Elle fleurit quand elle en a envie pour apporter alors un peu de gaîté et surtout une bonne odeur dans ce lieu où les senteurs ne sont pas vraiment agréables.

Je suis à l'aise ici. Même si je préférais l'emplacement précédent. Bien sûr, j'y étais coincé en équilibre sur le rebord de la fenêtre (ce qui tétanisait souvent mon mécanisme), mais je dominais la situation, tourné vers l'extérieur. De l'étage, la vue était magnifique. Je donnais sur le grand pin, et toute la vie qui l'animait. »

« Ce qui m'amusait le plus, c'était le ballet incessant des tourterelles. En particulier ce couple qui n'arrêtait pas de se chamailler, perché au plus haut. Monsieur grognait toujours. Madame piaillait pour un oui ou pour un non. J'adorais les voir s'ébrouer. Leurs magnifiques plumes grises et blanches dessinant d'improbables arabesques dans l'air glacé du matin. J'espère pour eux qu'ils ont réussi leur nichée, le sujet principal de leurs âpres négociations quotidiennes.

J'y ai aussi surpris deux fois un écureuil. En pleine ville, il faut oser quand même. Il a failli me détraquer tout mon mécanisme, tellement il allait vite, sautant de branche en branche. J'essayais de le suivre, mais mon hochement a ses limites. »

« Et puis, il y avait l'aurore. Mon moment préféré. Lorsque les couleurs se mélangent confusément pour former une toile d'infinie délicatesse qu'aucun peintre n'a encore vraiment réussi à représenter, qu'aucun poète n'a encore vraiment réussi à mettre en vers. Et moi qui pensais avoir ce talent. Fichue prétention. Ce n'est pas un vulgaire assemblage de plastique qui peut décrire toute la beauté du soleil levant. Même s'il en est originaire. Chacun à sa place. Moi je hoche, d'autres peignent, d'autres écrivent.

Car je lui suis redevable, à cet astre magique. Lui qui me redonne vie tous les jours en rechargeant mes batteries. Qui m'aide dans ce mouvement aussi régulier que sa course éternelle d'est en ouest. »

« Je me souviens également, lorsque j'arrivais, à grand-peine en me tordant le cou en bout de hochement, à regarder vers l'intérieur le spectacle de la maison qui s'agite. Madame et Monsieur qui se lèvent, ou se couchent. Et le chat, qui les suit. Et les enfants qui passent, pour une courte visite. Je les ai connus petits, ceux-là. Ils ont bien grandi et ne font plus guère attention à moi. »

« Allez, je raisonne comme une vieille nounou bourrée de souvenirs larmoyants. Il faut que je me secoue… Tout ça, c'est de l'histoire ancienne. Désormais je suis au rez-de-chaussée. Et si l'ambiance n'est pas la même, elle a le mérite d'être plus variée. C'est beaucoup moins feutré. Il y a du passage, de l'agitation. Parfois même de l'empressement. Parfois même de l'urgence.

Et si l'animation ne m'a jamais fait peur, bien au contraire, j'aimerais aussi pouvoir me reposer de temps en temps, discrètement, et laisser ma tête sur le côté. Je me fais vieux. Mais ici, pas moyen. Lorsque je m'y risque, une pichenette brutale me réveille brusquement, m'ordonnant ainsi de continuer mon ouvrage et d'amuser la compagnie. »

« Ma seule hantise, c'est de rouiller. Le mouvement ralentit alors progressivement pour stopper définitivement. C'est comme cela que l'on finit dans ma famille. La rouille attaque le mécanisme et paf, on nous jette. Un hocheur qui ne hoche plus n'est plus digne d'intérêt. Mort de chez mort. Mais Dieu des hocheurs merci : heureusement, je suis recyclable !

Je serai broyé, concassé, laminé, pressuré. Puis récupéré et je ressusciterai dans une enveloppe différente. Qui sait en quoi ? Je suis quand même angoissé à l'idée de la suite. Un bol de presse-citron ? Moi qui n'en supporte pas l'odeur… un câble électrique de table de chevet ? Pour être dévoré à petits coups d'incisives par un chat inamical ou un lapin désœuvré… un morceau d'abattant de cuvette de toilette ? Moi qui en ai soupé depuis bien longtemps de cet ustensile affreux qui passe sa vie le nez penché sur les effluves des autres… Beurk !

Je vais attendre un peu, allez courage, hoche, hoche, hoche… »

« Mais n'anticipons pas. Je me porte encore tout à fait convenablement. Mon mouvement est régulier et je ne fais aucun bruit suspect. Mes couleurs ont pâli au soleil, bien sûr, mais ce pastel me va à ravir. Je deviens même coquet quand on m'adresse un tendre regard.

Je vais profiter de mon endroit au maximum, confortablement installé à côté de ma nouvelle voisine, cette jolie plante grasse, comme j'ai entendu qu'on la nommait (d'ici à ce que j'en tombe amoureux, il n'y en a pas pour beaucoup de hochements).

Je ne peux pas vous décrire tout ce que je vois au quotidien, secret professionnel oblige, mais je peux vous avouer que même si j'ai toujours été bien soigné ici, hocher sa vie au-dessus de la cuvette des W.-C., c'est bien moins classe que sur le bureau du grand timonier... »

ÉPILOGUE

Voilà, j'en ai fini avec mes nouvelles de Célestin. Qu'est-ce qu'il a pu me faire du bien tout au long de ses récits. Il m'a de plus encouragé à faire de même. Écrire des histoires juste pour le bonheur de les inventer. Et encore, certaines ne sont pas si loin de la vérité.

Je n'y croyais pas au début. Serais-je capable d'en faire autant ? Je n'en suis toujours pas sûr. Si ma bonne fée pouvait aussi m'aider sur ce sujet, je lui en serais encore une fois bien reconnaissant. Avec tout le bien qu'elle m'a déjà fait, peut-être qu'elle va considérer que j'exagère !

Toujours est-il qu'elles se nichent désormais en bonne place, cachées dans la doublure de la manche de mon vieux pull marin.

On ne sait jamais, ça peut servir !

23598929R00099

Printed in Great Britain
by Amazon